年収90万円で東京ハッピーライフ

大原扁理

太田出版

年収90万円で東京ハッピーライフ

年収90万円で東京ハッピーライフ　目次

はじめに……004

第一章　ハッピーライフの基本とは……013
わたしの暮らし／実感を大切にすること

第二章　フツーって、何？……024
進学とか就職って、しないと生きていけないんでしょうか？
将来やりたいこと、マジないんですけど／友達って必要？
他人と比べられてツライとき／いじめられて死にたいとき
自分の見た目が好きになれない／ＬＧＢＴのこと
意味不明なルール／人間はみな平等のはずですよね？
隠居はベストな生き方でしょうか／個性って、何？

第三章　衣食住を実感するくらし……067
1　「食」で、ひとはつくられる

何を食べればいいのか／粗食をしたらこう変わりました
MY粗食マニュアル／1週間の献立
自分に合う食生活を見つける／キッチンと、その周辺
食材をどこで買うか問題／紅茶とスコーン／野草狩りもまた楽し

2 「衣」を、生活から考える
服装がしっくりくるのは20代から／隠居のワードローブ大公開

3 「住」は、恋人のようなもの
今のアパートにたどり着くまで／部屋の選び方、付き合い方

第四章 毎日のハッピー思考術 …… 137
心と体のチューニング／お金とうまくやっていくために
働く、ということ／貯金について／低所得者にとっての税
夢や目標はないとダメなのか／平和＝退屈ではない
将来について／生きること、死ぬこと

おわりに …… 190

はじめに

みなさんどうもはじめまして。大原扁理と申します。

人はあまりわたしのことを知りません。なぜかというと、「隠居」してるからです。

わたしは20代で世を諦め、あんまり働かなくなり、いまやほとんど人と関わってないんです。いいえ、ＩＴや株で儲けてアーリーリタイアとかいう、経済的に恵まれた話ではありません。宝くじも当選してなければ、親の遺産もない。でも、ちゃんと生きてます。

詳しくは前著『20代で隠居　週休5日の快適生活』という本に書いてあるのですが、わたしを知らないほとんどの方のために、ちょっと自己紹介をさせてください。

わたしは愛知県三河地方の田舎町に生まれ、ごくフツーのサラリーマンの父と、「貧乏」と「借金」が口ぐせの母に育てられました。割れたガラス窓はダンボールで塞ぐけど、毎日食べるものぐらいはある、それくらいの平凡な低所得者層出身です。

幼い頃から空気を読めず、周囲と話を合わせられず、社会や集団行動が辛くて辛くて、なんで他のみんなは辛くないんだろう……と悩み、なんとな～く奇異な目にさらされながら、なんとか高校卒業までこぎつけました。

大学に行かせてもらえるような金は家にはないので進学は諦め、かといって就職するのもな～と思ってたら、クラスメイトは全員しっかり卒業し、それぞれの旅路を歩いていってしまいました。もともと何かに追いつくのが苦手で、いろいろ遅れ気味ではありましたが、このときから本格的にわたしの「乗り遅れ人生」が始まったように思います。

でも、いざ乗り遅れてみたらこれがめちゃめちゃ楽しくて……ここは楽園かと思いましたよ。

高校卒業後、わたしは私生活で他人と会うのを一切やめました。金は空から降ってはこないので、生活費を稼ぐためのアルバイトだけはしてましたが、それ以外の時間はぜーんぶ趣味につぎこみました。くる日もくる日も図書館で借りた本を読んだり、映画を観たり、料理を作ったり、掃除をしたり、寝たり起きたり。携帯ももちろん解約しちゃって、たまに家電《いえでん》にかかってくる遊びの誘いも全部断って。楽しい！　ほぼひきこもり生活！

それで、気がついたら3年も経っていたんです。もう毎日毎日楽しくて、ハタチを過ぎたことも気づかなかったくらい。

でも、そんな幸せな生活は永遠には続きませんでした。

そろそろ外に出なあかんのじゃないか？　と思ったのは、人に会わなさすぎて、口から言葉が出てこなくなっちゃったからです。深海には、光が届かないから目が必要なさすぎて退化しちゃった魚がいますけど、使わない機能って本当に衰えるんだな〜と、初めてビビったわたし。アルバイトのマニュアルはすぐに口をついて出てくるんですけど、マニュアル以外の言葉がマジで出てこない。どうやって答えていいのかわからん。やばい。どうしよう。

ということが続き、でもひきこもり楽しすぎるしなー、でもしゃべれないってさすがにやばいよなー、よし、ここはちょっと、ひとりで世界一周してこよ！　となったわけです。

いやー、根はひきこもり気質だから、今、目の前に100万円積まれて世界一周行ってこいったって、お金だけネコババして断りますよ。

でもあのときは、それぐらいの荒療治をしないと、本気でしゃべれなくなるんじゃないかと危惧したんです。あんまりお金を使わない生活をしていたので、100万円くらいは貯金もありました。親も最初は反対していたのに、結局最後には、なけなしの餞別を10万円もくれました。

で、行ってみたら、それはそれでまあ楽しくて。行く先々で住み着いては本を読みあさり、もちろん100万円弱の貯金じゃ足りないので、テキトーに仕事もしていました（↑違法です）。観光にもまったく行かず、せっかくニューヨークに行ったのに、自由の女神がどこにあるのかも知らない。マンハッタンにステイしてたのにミュージカルも観ていない。ただ地元のデリや図書館で、地元人のように生活をするだけで楽しかった。わたしって、どこにいても同じことしてるんだなー。

ロンドンにも住みついちゃった。

ここでは日本人の大学教授と出会い、チャイナタウンでごはんを食べながら終バスまで話したことがありました。博学な人と話してると面白いんですよね。このときの話題が、古～い文学から映画、音楽、それから宗教や輪廻転生のことまで、自分の中にそんなストックがあったのか！　とビックリしたものです。もちろん、だいぶ話を合わせてくれていたに違いないのですが、これは明らかにひきこもりの果実だと思った。人生であんなに本を読んだこと、ないもの。ひきこもったって、それが吉と出るか凶と出るかは、いっぱい生きてみないとわからないもんだなあ、なんて思ったことでした。

楽しかったロンドン生活を終え、世界一周航空券の期限ギリギリまでアジアをまわって帰国。

そしてわたしは再び華のひきこもり生活へカムバックを果たしたのです。本当、何も変わってない。ていうか、なんで海外とか行ったんだっけ？

ただ、自立してひとりで気ままに暮らす楽しさはしっかり覚えました。これは何物にも代え難い。よし、もう実家はいいや、ちょっと東京にでも引っ越そう！

東京に引っ越してみたら、物価（特に家賃）の高さにめまいがしました。杉並区のシェアハウスに毎月なんだかんだで7万円以上払っていたんですから。これ、今のわたしの月収ですよ。7万もするとこに住まなくていいんですけど。もっとフツーでいい、フツーで。それで、生きるのにあんまりお金がかからない場所を求めて、東京西部の多摩地区に引っ越しました。家賃は半額以下の2万8千円に……これが同じ東京でしょうか？

忙しすぎる仕事も辞めました。もっとフツーの生活を求めて、仕事を調整しながらだんだん減らし、使うお金も工夫して減らし、そうしてだいたい20代半ばぐらいから、今のような週休5日の悠々自適生活に落ち着いてきました。

とはいえ、昔からこんな能天気な人間だったわけでもありません。フツーの人と同じように、悩みもあったのです。今ふりかえると、それも現在の生活スタイルや考え方に明らかに影響しているように思います。

たとえばわたしには、もともとお金や格差に対するネガティブな感情がありました。多感な年頃になると、どうやらクラスメイトというのはわたしよりお年玉のケタが多いとか、ピアノや最新のゲームを買ってもらえるとか、携帯代を親に払ってもらえるとか、学校帰りにファミレス行くとか、家族で海外旅行に行けるとか、私立の学校に当たり前のように行けるらしい、そんなことばかりが気になってくるものです。

生まれた環境が違うだけで、なんで諦めなければいけないのか。

この怒りがたまって、一時期狂ったように万引きしまくっていたことがありました。もちろんバレて親に殴られ、「こんな家に生まれたくなかった」と言ったら、翌月からお小遣いが6千円ぐらいに跳ね上がっていました。

ただでさえ自分が生まれてお金がかかって申し訳ないのに、月に6千円ももらったら家が潰れてしまう!

本編でも書きましたが、わたしが中学を卒業した次の日から即アルバイトを始めたのはこういう理由だったのです。

もう格差とか関係ない、お金のあるなしと無縁な暮らしをしたい……わりと早く実現しましたけどね（笑）。


もうひとつは、母親が大酒飲みということです。

ウイスキーの業務用4リットル瓶を常備しており、まず起き抜けに1杯。昼には完全にできあがるので、今でも用事のあるときは朝イチで電話をかけるのがポイントです。

あるとき帰宅したら、飲酒運転で隣の家に車ごと突っ込んでるところに遭遇。驚いて表に出てきた隣の人に、「警察呼ぶわよ！」と怒鳴ってました（↑おまえが言うな！）。

わたしはこういうふうになってはいけない、と反面教師にするしかなく、現在のストイックな生活が身に付いたのでしょう。

結果よければすべてよし……と思わないとやってられませんよ、まったく。


そんなこんなで、現在は適度に社会と距離を置き、週に2日ほど介護の仕事をして、たまに友達とも会ったりして、のんびり生きています。お金もモノも地位もない質素倹約生活だけれど、これはこれで、まあ楽しいもんです。

これは、社会的成功から乗り遅れまくったら、不幸になるどころか毎日が楽しすぎて、ジョーシキっていったい何だったんだろう、進学しなきゃいけないとか、就職しなきゃいけないとか、結婚とか子育てとか老後の蓄えとか、資格も技能もマナーもテレビもスマホも友達も、なくても生きていけるものばっかりじゃん。もー自分しか信じないもんね。何が幸せかとか、自分で決めちゃうもんね。おならプーだ。という本です。

どこからでも、興味のあるところから読んでみてください。

せっかく世の中に乗り遅れちゃったことだし、わたしの体験が少しでもみなさんのお役に立つことがあれば、ちょっと嬉しいかもしれません。

第一章　ハッピーライフの基本とは

わたしの暮らし

まずは、わたしがどんな感じで毎日過ごしているのかを、少しお話ししたいと思います。

◎朝

これを書いている今は2016年の1月、真冬です。真冬の朝は、他の季節より少し遅い。夏は朝陽に早く当たりたいので6〜7時には起きるのですが、冬はだいたい8時すぎくらいまでふとんに入ってることが多いです。わたしは冷暖房を一切使わないため、陽が昇って自然に気温が上がるのを待つのです。目は覚めてるんだけど、鼻の頭が氷山のてっぺんみたいに冷たくなっているので、頭までふとんをかぶって鼻を温めたりします。

このとき、横になったまま足だけバタバタさせてふとんの外にぶっ飛んだ湯たんぽを見つけ、足の指でつかんで中に引き入れ、後で洗顔に使うのでついでに温めます。真冬のふとんの中って、真夏のアイスぐらい嬉しい！　もう出たくない！　と、ひとりでふとんから出たくなさをしばし楽しみます。その間、枕元のラジオでニュースや天気予報など聞い

てます。

さて、起きたらまずは窓を開けます。どんなに寒かろうが台風だろうが。外の空気と部屋の空気が混じって、やがて入れ替わり始めると、なんか新しくなったという感じで、良い1日が始められそうな気がします。

湯たんぽの、人肌ぐらいのぬるま湯で顔を洗い、電気ケトルでお湯を沸かしてる間にラジオ体操。その後、体操で若干息を切らしながら最近マイブームの飲み物を飲みます。それはさっき沸かした白湯です。ただのお湯ですけどね。アラサーになると白湯がじんわり美味いんだこれが。

最近は飲みながらブログの更新やメール

チェックをします。これは時間がもったいないので30分以内に終わらせる。遊びの誘いとかが来ていれば、スルーします。スルーできないときは、とりあえず保留にして断る理由を考えます。

白湯の後は紅茶を淹れます。セイロンを濃い目に淹れて、ミルクを少し混ぜるのが定番です。冬はしょうがのすりおろしたのと、たまにはちみつも入れる。これを飲むと便意をもよおします。腸が動き出すのがわかる。今日も快便をありがとう！

それぐらいで部屋の中にいい感じに朝陽が入ってくるので、陽の当たるお気に入りの場所（キッチンの床とか）に座って自分を天日に干します。暖かい。たまになんとなく、今日も無事に過ごせますようにどうぞよろしく、と太陽に向かって手を合わせます。誰に教えられたわけでもないんですけど、そうしたくなる昔の人の気持ちってちょっとわかるなあ。

さて、自分を天日干ししながら、手帳を見て、今日も何の予定も誰からの誘いもないことを確認し、ＴｏＤｏリストを作ったりします。リストといっても、「本を読む」とか「ごはん食べる」とか、週に一度「盛り塩をとりかえる」とかそんなもんです。リストを作っておくと、いちいち迷わないので良いのです。

冬の朝ごはんの定番はスープ。季節の野菜とか豆腐をテキトーに入れて、コンソメで煮て、塩コショウで整えるだけのカンタンなもの。作りながら（もしくは食べながら）昨晩洗った食器を片付けると効率的です。3日分ぐらい一気に作ってタッパに入れとくとラク。先ほども書きましたが、冷暖房を一切使わず、冬は部屋が冷蔵庫みたいなので、めんどくさいときは鍋のまま置いておき、朝、温め直したりもする。毎日やらなあかんことなら、ラクなのがいちばんです。手間ひまなんて意地でもかけません。

朝ごはんを食べたら自由時間です。最近は、朝は寒いのであんまり動きません。動かなくても出来ること、読書とか足湯とか、日記を書いたりして気ままに過ごします。3日に一度くらいは洗濯もします。

◎昼

昼ご飯は麺類が多いです。最近はお蕎麦か中華麺。具は、肉以外を基本的に1～2種類。冬なら人参とかしょうがをすりおろしたものか、春の間に自分で摘んできて乾燥させておいたヨモギ、もしくは桑の葉の茶殻など。あんまり入れると素材の味がわからなくなるの

で、これぐらいが良いのです。

午後、やっと暖かくなると、散歩がてらスーパーや農家の直売所に行ったり、図書館に行ったりします。家にいるときは掃除もこの時間帯にします。

わたしのアパートは駅からずいぶん離れていて、近所に農家がいくつかあります。朝採れた露地栽培の野菜を、スーパーよりも安く新鮮に買えるので、買わない理由がないのです。

図書館はサイコーです。何万冊という本をわたしのために所蔵してくれている！　わけではないのですが、そう思うと超楽しい。ちょっと家から離れたところに、でっかい本棚を持ってると思えばいいんです。自宅以外に本用のロッカールームをタダで借りてるみたいなもんで、こんなにありがたいサービスはありません。

で、帰宅したらお茶とかしばきます。

◎夜

ほぼ予定がないので、夕飯は17時ごろ食べてしまうことが多いです。定番は玄米とお味噌汁とたくあん。たまにギョーザとかを買ってきて食べることもあります。お米とお味噌汁もだいたい3日分は作っておきます。炊飯器がないので、鍋で炊いてタッパに入れとく。

夕飯を早く食べてしまうと、翌朝の目覚めのすっきり感がハンパないです。空腹で目が覚めるときの爽快感ったら。あの気持ち良さのために、満腹にはしたくない。お腹が空っぽだと体が軽くて動きやすい、というのが実感。わたしは常に腹6分目ぐらいにしておくと実に調子がいいのです。

実際、食べ物が消化されないまま寝てしまうと、胃に負担がかかるらしいんですよね。こないだなんかの本で読んだんですけど、動物は秋にたくさん食べて脂肪を蓄えておき、冬眠の直前は何も食べずに胃を空っぽにしておくそうです。胃の中に未消化の食べ物を入れたまま長い眠りに入るのは命取りになるんですって。このへんからも、自然に学ぶこと

はあるかも。

冬の夜はまた気温が下がるので、ふとんをかぶりながら読書して、微動だにしません。最近はふとんの横に本を置いておき、10冊ぐらい同時進行で読み散らかしたりします。ジャンルは小説、エッセイ、雑誌、マンガ、自己啓発、歴史、対談、絵本、旅行ガイド、活字なら何でもかんでも。これが幸せ。なんか、たとえて言うならカップ麺を全種類お湯入れて一口ずつ食べるみたいな禁忌的な喜びが……。

あと、たまに無料動画サイトで映画を観たりもします。一部の古い映画は著作権が切れたパブリックドメインという公共の財産みたいな扱いになっていて、ネットで公開されていたりします。

で、またメールチェックなどして、捏造した理由でお出かけの誘いを断ったりしているうちにもう寝る時間。たまった食器を一気に洗って、湯たんぽのお湯を沸かします。ふとんに入ると、さっき起きたばっかじゃん！　とか思う。ひとりでいると時間が経つのマジ早い。1日30時間ぐらい欲しい。寝る前に1日のことを振り返りながら、今日も平穏無事に過ごせてありがたいなー、と思う。

最近は、小さくAMラジオをつけっぱなしにして寝るのも好き。声が良いパーソナリティの番組を聞きながら寝ると、子守唄を聴いてるみたいですぐ眠れます。

と、まあだいたいこのように毎日が過ぎていくわけですが、自分で読み返しても本当に生産的なことが何にもない。でも大丈夫です。わたしがもっとも要らないものは変化と刺激と生産性なのですから。欲しいものが何でも手に入る生活もいいけど、要らないものがまったくない生活というのも、なかなか味わい深いもんです。

実感を大切にすること

さて、このような生活をしていると、「全然うらやましくない」と若干見下されることがあります。

そりゃそうですよね。大学も出ていないし、就職もしたことないし、あんまり働いてないし、世間では当然とされている生き方にはことごとくひっかからない感じ。お母様方から、「あんな子と友達になっちゃいけません」と言われるタイプです。

大人のみなさんからかわいそうな目で見られることもあります。

だけどみなさんがイメージする貧困層の苦しい生活と違って、渦中から実際どう見えるかっていうと、これはこれで幸せなんだよな〜。

だって、当然といえば当然なんです。何が幸せと思うかは人によって全然違うんですから。わたしみたいに2万円台のアパートに住んでても幸せと思える人もいれば、苦しい人もいるし、豪邸に住んでブイブイいわすのが幸せっていう人もいれば、それがしんどい人もいる。

じゃあ、どんな場合にも当てはまる、いちばん大切なことって何でしょうか？　それは、「どうすれば自分が幸せか？」を、他の誰でもなく、自分自身が知っていることじゃないかな。

その上で、まるで魚が潮目を読むように、物事が流れていく方向や、状況の変化を的確にキャッチして、自分の感覚を信じて行動していくこと。これさえ知っていれば、ちょっとぐらい流行とか景気とか人間関係、周辺環境が変わっても、しなやかにその中で幸せになれるはず。

これを読んでいる10代の人たちは、良い人生なんて何年も先のことだと思うかもしれません。だけど経験上、10年後って、10年後にいきなりやってくるわけじゃないんです。自分が生きてる今日の、この1分1秒の、小さな取捨選択を1万回、2万回と繰り返して、その積み重ねの先にやってくるもんなんです。

これは、あんまり良いたとえじゃないかもしれないけど、病気とかもそう。のべつまくなし甘いもんばっか食べ続けたら糖尿病になるし、酒ばっか飲み続けたら肝臓を壊すんだし。何の原因もないのにいきなり結果が出ることって、ないんです。


わたしは今、結果的に隠居になってるけど、毎日をとても「生きている」という感じ。それは、本当に小さなことだけど、自分で選びとって作った毎日だから、だと思う。自分が好きで選んだんだから、お金がなくたって、文句ないのは当たり前ですよね。

「親とか友達はそうかもしれないけど、わたしは違うな〜」と思うことがあって、自分の気持ちのほうを優先するにはどうしたらいいか考えて、それを少しずつ実行してみたらこうなってました。

これは、みんなもわたしを見習って隠居しよう！　という話では全然ないんです。

外野がとやかく言っても、自分が本当に好きなことを優先するために、今置かれた状況でどうすればいいのかを考えるのが大切だと思うんです。これを5万回ぐらい繰り返した結果、たまたまわたしは隠居にたどり着いたけど、もし働くのが好きだったらフツーに会社員になってると思います。

子どもの頃から世間にいろんな「ふつう」や「当たり前」を刷り込まれますけど、世間ほどぼんやりして当てにならないもんはない。自分の実感を基準にしたほうが、のちのち変わってしまったとしても、人のせいにしなくてすむし、長い目で見ればずいぶんラクに生きられる。

これがわたしの思う、実感を大切にするということ、そしてこの本で書きたいことです。

それでは、世の中のさまざまなことに対して、わたしがどんなふうに実感しながら今まで生きてきたかを、次の章から書いていきたいと思います。

第二章　フツーって、何？

進学とか就職って、しないと生きていけないんでしょうか？

進学とか就職って、せなあかんことないですよ、ぜーんぜん。「なんでこんな辛いことせなあかんのか」って思ってるけど、退路絶たれまくってしかたなく流れに乗ってるだけ、っていう人もいるんじゃないかなあ。昨今の世間の、進学や就職へのプレッシャーって、ひどいですもんね。そこまで追い込むかっていうくらい。

世の中のそうなっちゃってるシステムの中で、うまく立ち回れる人にはこんなこと問題じゃないんでしょうね。かといって、起業すればいいじゃん！　って言われるのもなんか違う気が……。

進学や就職で悩んでる人って、過度な競争に参加せず、かといって自分で起業とかいう気分でもなく、もっとフツーでいいんだけどどうすればいいのかわからない……っていう感じかもしれません。だって、今の世の中、まるで就職か起業か、ふたつにひとつ！　みたいじゃん。極端すぎですよね。

Mr.競争社会みたいな人の話もいいんですけど、いい年こいてプラプラしてるノーブランドの男の話も、たまには聞いてください。

勉強について。

わたしの好きな教科は英語、国語、音楽でした。超文系！　対して嫌いな教科は、数学、理科、歴史など。でもわたしには、苦手を克服するという考えがなかった。大人になったら、みんな自分の好きなことを仕事にすればいいんだから、苦手克服してる時間もったいない。好きなことに時間使お、と思ってました。

この傾向は、高校生になるとますます顕著になっていきます。実力テスト、英語はだいたい学年トップで、数学は0点とってました。0点ですよ！　定期テストも、好きな教科だけやって、嫌いなのは赤点とらない程度に一夜漬け。これで実力つくわけないですよね。

でも英語は本当に好きだったから、家じゃテレビを副音声（英語）にして家族にウザがられ、イギリス人のＡＥＴに休み時間まで金魚のフンみたいにまとわりついてウザがられ、友人の友人が帰国子女だと聞けばわざわざ英語のメル友になってもらってウザがられ。ものすごく好きって傍から見たらウザいんですよね。でも周りにウザがられたことの中に、意外と才能が隠されてたりするのかもしれません。

それで今でも、たま～に翻訳のバイトとか頼まれたりしますからね。だから、好きなことと嫌いなことがあったら、ぜひ好きなことを優先してください。役に立つかわからない嫌いなことを、イヤだな～と思いながらやる時間は、人生にちょっとぐらいあってもいいけど、ないほうが絶対楽しいですから。

仕事と就職について。

わたしは高校生のとき、進学も就活もしませんでした。どうしよっかな～と思ってたら、全部終わってました。今振り返ると、あのとき無理やり選択しなくて良かったと思うけど、当時はさすがにちょっと不安もありました。なぜなら、わたしは高校生のときのアルバイトで自分の無能さをいやというほど知っていたからです。これは後で詳しく書きますが、無能すぎて将来働き口が見つからなくて野垂れ死ぬんじゃないかと本気で思ってました（↓149P）。

高校を卒業してから、工場で派遣社員をしていたこともあるんですけど、そのときも役立たずすぎてひどかった。わたしは軽作業や単純作業なら飽きないのでめっぽう熱中してしまいますが、ちょっと複雑なことが加わると途端にわからなくなる。作る部品が変わるごとに機械のドリルみたいなのを取り替えないといけなくて、でも取り替えなくていいものもあって、これがサッパリ覚えられなかった。それで、自分の月給より高い機械をバンバン壊して、毎日ド叱られてました。

それで、バイト経験のあったコンビニ店員に戻りました。そこのコンビニは、業務がリストになってて、時間までにすべての業務を、自分の好きなやり方で好きな順番で終えればオッケー、という職場でした。ここでは何の問題もなかった。それどころか全部やった後に、リストになかった棚の掃除や、食品の賞味期限のチェックまでして店長に褒められました。あれ？　と思った。わたしって、放っておいてもらえれば、けっこういい仕事するんじゃないの？

就職を前に、どうしよっかな～なんて悩んでいたけど、今思うと、別にどうもしなくてよかったんです。やりたい仕事なんて探したらあかん。そんな高いとこに目標設定したら、自分がしんどすぎる。仕事に求めるのは、出来ないことをしない、というくらいでいい。だいたい、進学や就活で辛いっていうとき、自分が間違ってるんじゃなくて、世間が設定してくる目標のほうが間違っているのかもしれませんし。

そんなこんなで、わたしは定職に就くことなく10年も経っちゃいましたよ。もし、自分のやりたい仕事を探し続けていたら今でも辛かったと思う。でも、「出来ないことや嫌いなことをしない」くらいで自分にオッケー出す、という感じになってから、ずいぶんラクになりました。

そして、好きなことなんかなくても、今すぐ見つけなくても、もっと言えば死ぬまで見つからなくたって、別にいいじゃないですか。大事なのは、嫌いなことで死なないこと。これぐらい目標を下に置いとけば、とりあえず絶望はしなくてすみます。

進学か就職か、さもなくば会社でも興さないと生きていけないいんじゃないか、と焦っている人へ。進学や就職をしなくても、社長になって一旗あげなくても、意外と生きていけるもんですよ。

将来やりたいこと、マジないんですけど

進学、就職、将来、結婚、趣味などなど、このレールに乗っとけばオッケー! みたいな鉄板コースはこれからどんどん尻つぼみになっていく予感満載の今日この頃です。

選択肢って、なさすぎてもつらいけど、ありすぎても何がなんだかよくわからん。

自分がやりたいことがわかってれば迷わないんだろうし、わかってる人って本当すごいと思う。

でも自分が高校生だった頃を思い出しても、何がしたいのかわかってるクラスメイトってひとりもいなかった。わたしももちろんわかってなかったし、わかんなくてフツーだと思う。

そういうとき、まず適性から選ぶという方法があります。

人間、年をとりますと、自分の適性がなんとなくでもわかるようになってくるんです。ものすごい大雑把にいうと、文系か理系かみたいなことから、ひとりで何かするのが好きな人もいれば、組織の中にいるほうが長所を活かせる人もいる。というか、これはわかってなくてもいい。前にも書いたけど、目の前に分かれ道があったとき、人間は自分が得意なニオイのするほうを選んでいく生き物なので。

わたしが隠居生活に突入したばかりの頃、1年ぐらいかけて仕事をだんだん整理していきました。忙しすぎるバイトは辞めて、さあどうしようというときに、経験も資格もないのに介護の仕事を選んだ。今振り返ると、自分が「競争」とか「売上ノルマ」とかに向いてないのを無意識に感じていたんだと思う。

そういうふうになっていきますから、安心してください。

……とか悠長なこと言ってられないんですよね〜、学校を卒業したぐらいの頃って。わかんないのにすんごい重大な決断しなきゃいけないし。高校や大学ぐらいで確固たる適性がわかんなくても、これまたフツーだと思う。

モタモタするっていうのも、ひとつの手ではあります。

イギリスとかだと「ギャップ・イヤー」という期間が社会一般に受け入れられていて、大学や大学院に入る前とか、就職する前の数年間、旅をしたり、海外でボランティアしたり、バイトして学費を貯めたりすることが奨励されてるんです。日本にもワーキングホリデー制度とかあるし、若いうちなら利用してもいい。

でも日本のすべての家庭がそんな新しいアイデアを取り入れるかというと、そんなわけもなく。

そこで、どうしても進まなきゃいけないときは、消去法がオススメです。

というのは、人間、やりたいことはわかんなくても、やりたくないことだけは意外と迷わないいんですよね。

目の前にある選択肢から、どれをやりたいかではなく、やりたくないものからどんどん消去していきます。残ったものから「これならまあガマンできるかな」というものを選ぶんです。あー、いいのいいの、完璧じゃなくて。これ正解とかないですから。

繰り返しますが、大切なのは「好きなことで生きていく」じゃなくて、「イヤなことで死なない」。そんなハードル高く設定しないほうが、後から絶望しなくてすむんです。

わたしなんか30歳にもなって、いまだに何がしたいのかよくわかっていません。

わたしのこれまでの人生は、やったことより、やらなかったことばかりで出来ています。

友達って必要?

友達って、要らないと思えば、必要ないものです。といって片付けられたらカンタンだけど、学校に行かなくてもいい人のきれいごとっていう感じがする。だって若い時って、人目がすべてじゃないですか。特に子どもの頃は、みんな同じがいいんです。あー、あんな大変な時代、二度と戻りたくない。

友達がいないことでモヤモヤするのは、学校などの特殊な環境にいるからだと思います。毎日行かなくてはならなくて、毎日同じ顔と会って、一緒に過ごさなくてはならない。いじめられても自分の一存では絶対に抜け出せない場所。これはもう、檻のない牢獄のようなもんですよね。

それで人間って、ある閉じられた環境の中にいると必ず上下関係をつけたがるというか、仲間外れにされる人が発生する、というのはもう性質として持っていると思う。


わたしは友達あんまり要らないけど、まったくいないと周りや自分が気まずかったり、気疲れするのがめんどくさいんです。

そうすると、必要なのは友達ではなく、義務教育みたいな環境に置かれたときに、テキトーにやっていく技術だと思う。


若い頃って、人付き合いの距離感が測れないっていうか、二択しかないですよね。「友達か否か！」を、常に求められるっていうか。「あの人は、そういう人だから」って、スルーしといてくれないどころか、わざわざ無視とかされます。無視というのはスルーとはまったく違って、実はものすごく興味があって、こちらの意思とは関係なく暴力的に関わってくることだと思う。

これが高校くらいになると、さすがにみんな大人になってきて、「人と違うこと」がいじめや陰口の標的にはなりにくくなってきます。それまでテキトーに逃げ続けましょう。

あと、学校外で自分がそういう人間だということを、受け入れてくれる人を見つけておくのも大切だと思う。それは違う学校の友達でもいいし、ピアノとか習い事の友達や先生でもいい。年齢や性別は問いません。

わたしは英会話スクールで知り合った同い年の、ふたつ隣の町に住んでいる友達の家によく遊びに行っていました。彼の友達とも普通に遊んでいたし、彼の両親も「ちょっとヘンな子でしょ？」とか言いながら毎日のようにごはんを作ってくれたりしていた。なんだ、全然無視とかされないじゃん。

行く先々で仲間外れにされるなら、自分に何か問題があると思うけど、そうではなかったという発見。今思うと、あの環境があってとても良かったと思う。学校では窓際族だけど、それはそこがそういうシステムになっているからで、自分がダメ人間なわけではない、と思えるから。

そこを確保した上で、当時の自分にさらにアドバイスするなら、友達がいるかどうかより、楽しい時間を過ごすことを優先したほうがいいよ、ということです。大人になってみるとわかるけど、「今ここの人間関係」がすべてじゃないですから。今の友達、10年経ったらマジでほとんど会わなくなるよ。だからやっぱり居心地いいのがいちばん。その時々で、ひとりでいても、誰かといてもいいいんです。

わたしは18歳でほとんどの交友関係を断絶、楽しいひとり鎖国状態になりました。このときに、友達って別に対外的に作るものばかりじゃないんだな、と思ったんです。いちばん自分を理解して、自分のためにこんなに考えて働いていろいろしてくれる人は自分しかいません。それから、自分自身がいちばんの友達、というのも全然アリだなー、と思うようになった。

不思議なもので、それからは友人ゼロだったのが微増を続けました。自分といるのがいちばん好き、というのを隠さないので、こんな人間でも面白がってくれる人しか寄ってこない。こんなにラクなことはありません。

他人と比べられてツライとき

わたしが人と比べられなくて済んでいるのは、人とあんまり関わっていないからです。人と比べられる場所に行かない、というか。そういう場所から離れていると、人と違うことはつくづく自然で健康的なことだと感じます。ていうか、別々に生まれて、別々に生きてきて、同じわけがないんです。

人と比べてしまうことの本当の問題は、比べることとそれ自体にあるのではなく、比べることで辛くなってしまったり、それなしではハッピーになれなくなることです。比べることで「引け目を感じることないな」「たいしたことないじゃん」と思えるのなら、別に悪いことじゃありません。

とはいえ、学校のように、否応なく他人と比べられてしまう環境もありますよね。わたしもこれをされてたいへんめんどくさかったことがあります。

わたしのまゆげは大変豊かで、っていうか、ただまゆげがもじゃもじゃなだけなんですけど。中学校の帰りの会で巻き起こるまゆげコールを、今も昨日のことのように思い出せます。なので、当時は今ほどのふてぶてしさもなかったので、まゆげを全部抜いてました。そしたら、さらにまゆげ目立っちゃってた（笑）。アホですよね〜。

と、こういうのが悪い例です。「比べる」が辛さの原因になっちゃっている。

が、しかし、わたし自身が「違っててもアリ」になった珍しいケースもあります。

中学生のとき、わたしは毎日、制服ではなくジャージを着ていました。その理由は、ただ単に好きだったから。

わたしが通っていた中学校の体育ジャージは、濃紺の地に2本の白いラインが入っていて、近隣の中学校の生徒からも「くれ」と頼まれるほどの人気ジャージでした。

地元では中学ごとにジャージの色が決まっており、A校は水色、B校は若葉色、という感じでした。当時はそれらの明るい色が実にダサく、子どもっぽく見えたものです。ところがどっこい、わたしの中学のジャージは濃紺です。たいへんにシックでファッショナブル。大人のカラーです。今思うとたかがジャージですが、本気でそう思っていました。高校を卒業するまで、私用で外出するときも着ていたくらいですからね。ラクな上に、制服と違って毎日洗えて清潔です。

そんなわけで、体育の時間だけでなく、登下校も授業中も、家でも寝るときでもずーっとジャージを着て生活し、わたしのジャージ愛はとどまるところを知りませんでした。

ところが。ひとりだけ黒い羊のようなわたしを、先生方はほうっておきません。好きで着ているだけで、別に先生を怒らせるつもりもなかったのですが、いざ怒られるとますます制服を着る気がなくなります。ほっといてくれていたら、また制服着たくなったかもしれないのに。でもジャージ、ラクだよな〜。

なんつって毎日着ていたら、なんと、だんだん諦められていったんです。

あんなに毎日注意されていたのに、「今日は何も言われないな〜」という日がちょっとずつ増えてきて、まずは担任から諦められ、やがて諦めの輪は学年全体に広まっていき……最終的には誰からも何も言われなくなりました。

長い時間をかけると、先生たちも何がダメなのかよくわからなくなってくるんでしょう。だって、好きな服を着てるだけですからね。粘り勝ちしちゃった、珍しい例です。

と、このような例外もたまにはありますが、いつも期待することはできないと思う。基本的に社会というものは、常に比較して、違う部分を見つけ出し、ないときは無理やり作り出してでも、誰かを排除・攻撃したがるものです。

そういう、他人と比べられてしまう場所にいなければならないとき、わたしならいかにして少しずつ離れていくか、ということを検討します。

「比べられるのはイヤだから、やめてくれ」

と言うのは合理的だし、話の通じる相手ならいいと思う。でも前述のまゆげコールをしてくるような人たちって、わたしがどう思ってるかは関係ないっていうか、理由なんかない場合もあります。

離れられる場合はすみやかに離れましょう。完全に離れられなくても、出来るだけ距離をとる。もしそれも出来ない場合は、イヤだと思っても、ガンとして無表情・無反応を貫くのがいちばんだと思う。壁になりましょう。1年間ずーっと壁に向かってまゆげコールとかしてたら、絶対飽きますから。

いじめられて死にたいとき

いじめられるというのは、学校生活の中でも、もっとも辛い経験のひとつです。なぜ学校生活と区切ったかというと、ひとつは子どもの世界って狭いから。子どもの頃って、基本は家と学校、このふたつだけで世界が出来てますよね。そうすると、いじめられていて学校が辛いときは、世界の半分が地獄ってことになる。毎朝、たったひとりで地獄に通学するんです。その上に家庭もうまくいってなかったら、毎日がもう無間地獄。

ふたつめに、生きてきた歳月が短いということがあるように思う。

たとえば、中学の3年間いじめられたとします。そうすると、人生の5分の1が辛いんです。子どものときの3年間って、大人で言うと10年ぐらいの時間感覚じゃないかと思うことがある。いつまで続くのかわからないことをやり続けることほど、しんどいものはない。

なぜそういう比較が出来るかというと、わたし自身がいじめられたクチだったからです。大きなものから小さなものまで、いじめにはさまざま遭ってきましたが、いちばんきつかったのは中学の頃。ヤンキーの先輩に目をつけられちゃったんです。

当時わたしの田舎の中学はとても荒れていて、先生が不登校になったり、授業中に上の階から机やイスや人が降ってきたり、学校に暴走族が入ってきてグラウンドを単車で走り回って授業が中止になったりしてました。あんまり取り上げられなかったけど、調子に乗ってるとかいう理由でヤンキーがどっかのフツーの中学生を、ブロックで殴り殺す事件もありました。近隣の中学では、いじめを苦に自殺した子もいたくらい。人ならぬことだけど、自殺して良かったね、もう疲れたよね、これで学校に行かなくていいんだもんね、と正直思いました。

そんな感じでしたので、子どもからしたら、おっかないったらありゃしない。ヘタしたら、死と隣り合わせ。大げさじゃなくて、学校に行くことは戦場に行くのと同義みたいなもんでした。

なぜ目をつけられたかというと、ひとつには小学生からの幼馴染が、軒並みヤンキーになっちゃったこと。でも幼馴染なので、フツーに付き合っていたんです。そら、年上の不良には「なんでおまえみたいなのがいるんだ」と思われますよね。

ふたつめは、これは今でもそうなのですが、「その社会のルール」にとても疎いこと。上級生やヤンキーには敬語で話すというような、不文律がわかってなかった。去年まで遊んでた人が、なんで中学に入った途端に偉くなるのか、サッパリ意味がわからなかった。上級生のヤンキーに「そいでさ～」とかいってタメ口で話しかけてたんだから、自殺行為ですよね。

それであるとき道端で、集団でフルボッコにされたんです。いやーあれにはビビったね。ほっといたら収まるのかな～と思いましたが、収まるどころかどんどんエスカレートしていきました。

お金やモノもたくさんとられたし、万引きもさせられたし、授業中でも街なかでも先生の見ている前でもボコボコにされたけど誰も助けてくれないし、もっとひどいのは、シンナーの一斗缶を盗みに行かされる、人前で服を引き剝がされる、公開オナニーをさせられる……。今思うと、相当ホモいですね。

校舎の屋上に連れて行かれて、その端っこに立たされて、「ここから飛び降りなかったら殺す」って言われたこともありました。もちろん飛び降りられず、袋叩きに……。あの校舎の縁から地面を見下ろしたときのことを、今も覚えています。下から吹いてくる気持ちの悪い風に、膝が震えちゃってた。「あれ？　あんなに死にたいと思ってたのに、体っていざとなると生きたがるんだな～」なんて他人事みたいに思ってて、ヘンな体験でしたね、あれは。

先生にも相談したけど、「そういう上級生が来てから言いなさい」と一蹴。真剣にとりあってくれません。来てからじゃ遅いから相談してるのに。子どもというのは繊細なもので、この一言で心の扉を閉ざしまくりました。これはもう、無理だ。

そこでわたしはどうしたか。

学校をサボるようになりました。今でもあれは当然だと思う。ていうか、それでも学校に行けって言う人がいたら人間じゃないです。

それでも親には迷惑をかけたくなかったので（←これはいじめられてみると、本当に当然の心理だと思う）、朝の出席だけとって、さっさと学校から脱出！　ヤンキーは朝が遅いという習性を利用して、だいたいこれで切り抜けていました。たくましいもんだよね。でも学校では会わなくても、街で見つかるとやっぱり暴行を受けるので、気の休まるヒマがありません。

学校に行かなけりゃいいかと言えば、敵は他にもいた。

学校から電話がかかってくるんです。親にはサボってることがバレて、ド叱られました。なんで学校にいられないのか、担任にも相談したんだし、先生の前でも暴行されて、知らないはずがないだろうに、って思いました。

「学校には行きたくないんだけど……」「なんで行きたくないんだ！」「……」「いいか、子どもを学校に行かせるのは、親の義務なんだ！」というやりとりの後、親にも心のシャッター完全に閉めました。やっぱ大人は守ってくれない。もう少し、大人にわかるようにうまく説明できればよかったんでしょうけど、それを聞いた親がどう思うか考えると、どもっちゃって何も言えなかった。だって自分の子どもが公開オナニーとか窃盗させられてるって知ったら卒倒するでしょ。

でもわたしは幸い、登校拒否の生徒たちとは仲が良かったので、その子たちの家に避難させてもらったりしてました。片親だったけど、そこんちのお母さんにはとっても良くしてもらった。あの第3世界がなかったら、今ごろどうなってたか。

とにかくこのようなプチ避難民生活が、上級生が卒業するまで、2年弱続きました。あの時代はコピー用紙みたいな、無表情な顔だった。人間、辛すぎると涙も出ない。あんまりいちいち泣いたり怒ったりしてると、心も体ももたないもんね。白髪もたくさんあったし、生きてんのってこんなに辛いのかーと毎日思ってました。

さて、このような生活を経て、わたしがどう変わったかというと、正直、いじめられる前と後と、あんまり変わってないような気がするんです。これは謙遜じゃなくてね。だって辛い痛みには全然慣れない。他人の痛みがわかるようになったかといえば、何とも思わないこともある。辛い経験のある人同士なんだからわかり合えるよね！　みたいな一般論を押し付けられる方がしんどい。自分が人非人みたいな気がしちゃう。人間って、いじめられたからってそんなにわかりやすく善人みたいになるもんだろうか。もっといろいろあると思うんだけど。
そしてやっぱり、あれがあったから今のわたしがある、というようにポジティブには考えられない。辛かったことを無理やり肯定せなあかんことほど、辛いことはない。

わたしは今でも、あのときのヤンキーと同じ単車とかシャコタンの改造マフラーの音がすると動悸がして、呼吸が乱れて、頭が真っ白になって、ボコボコにされるんじゃないかと心配で（←誰もしないのに）、何も考えられなくなってしまいます。道の真ん中でもうずくまりたくなる。そこだけわたしはまだ13歳ぐらいで、何にも成長していない。でもまあそういうもんだし、しょうがないかぐらいに思って、おさまるとまた歩き出すって感じで。

このように書いてみると、いまだにあんまり解決もしていないんですよね。結局どうしたらいいのかわからんっつーか。

「周りの信頼できる大人に助けを求めて！」というのはカンタンです。いや、それは正しいし、出来たらそれが一番なんだけど、信頼してるぶんだけ、助けてくれなかったときの心のダメージが大きすぎるとも思う。当時のわたしからしたら、親や担任の先生だってじゅうぶん信頼できる大人でしたもん。正論って、現実には役に立たないね。

もうすでに自尊心をかなりのところまで傷つけられちゃってる場合は、性犯罪の被害者がそれを告発するぐらい難しいんじゃないかな。

だって告発するということは、「いじめられました」とかいう軽い言葉じゃなくて、自分が具体的に何をされたのかを他人に説明しないと伝わらない。そんなもん、二重に辛いがな。興味本位で聞くだけ聞いて結局何もしてくれない、ということが数人続いたら、それでも助けを求め続けろとは、わたしには言えない。心を閉ざすしかないと思う。むしろ閉ざせ！　閉ざしちゃっていいよ！　って言いたい。

いま、いじめられている子たちに言えることがあるとしたら、「いじめはずっとは続かない」ということ。小学校は6年、中学と高校は3年で終わるんです。子どもの3年なんて、永遠みたいなもんだけど、それでも3年間できちんと終わります。話のわかる大人がいれば、そんなに待たなくていいけれど、いない場合もありますからね。それまで、出来る範囲で逃げ続けましょう。そりゃもう、誰がなんと言おうと、逃げちゃっていいんです。それが終わったら、みんな自分の新しい世界をつくっていくことに夢中になって、あなたのことなんて忘れてしまうからね。

いじめられたほうは、絶対に忘れられないけどさ。

自分の見た目が好きになれない

思春期って、前髪に命かけますよね。前髪のことだけを考えて、1日が終わる。家でも外でも授業中でも、前髪のことしか頭に入ってこない。毛沢東？　何それどんな前髪？　例として前髪を出しましたが、ここに入るのは「まゆげ」「ムダ毛」いや毛のみならず、「スカートや制服の丈」「ニキビ」「脚の太さ」とか、自分のことなら何でもいいんです。大人にとってはそんなこと。だけど、鼻の頭にでっかいニキビができたぐらいで学校休んだクラスメイトとか、実際にいましたからね。本人にとっては一大事なんです。

わたしの場合は、「くせ毛」でした。天然パーマの人はわかると思うけど、梅雨なんてもーひどいんですよね。わたしに似て反骨精神が旺盛っていうか、どんだけ重力に逆らえば気がすむんだよっていうくらい、ぴよんぴよん超元気。夏休み明けとか、先生に「パーマかけただろう！　戻してこい！」とか言われるし。くせ毛直しスプレー、全然効かないし。

縮毛矯正をかけたこともあります。親から1万円をふんだくり、床屋に行ったら1万2千円かかりました。しかたなく念のため持っていった小遣いも足して支払い、帰ったら母親が超絶ブチ切れて床屋に怒鳴り込んで、超恥ずかしかった。
と、このように、もはやティーンのわたしはくせ毛の付属物でしかありませんでした。わたしのくせ毛っていうか、くせ毛のわたしだ。これじゃどっちが本体なんだかわかりゃしない。もう、くせ毛以外わたしじゃない。おまけにゲイなので、二重の意味でストレートじゃない……（ちょっと言ってみただけだ）。

あれから15年の歳月が経ちました。くせ毛は変わりません。変わったのはわたしです。もう学校卒業しちゃったら、はっきり言ってくせ毛とかどうでもいいんですよ。今なんて、めんどくさくて自分でバリカンで刈ってるだけなんだから。

思うに、わたしもあの頃は「サラサラストレートヘアがかっこいいんだ！」みたいな、作られたかっこよさに、しっかりと踊らされていたと思う。これって突き詰めていくとトニ・モリスンの『青い眼がほしい』っていう小説のテーマでもありますよね。昔のアメリカで、白人に憧れる黒人少女が、「わたしも青い目が手に入れば、ゆるカワ愛され女子になれるんじゃないか！」と信じすぎていろいろ辛いっていう話なんですけど。

いま、あんなにどうでもいいことに傾けた情熱はいったいどこに行ったんだろう、と思うことがあります。街角で必死に化粧直してる女の子とか、スキあらば窓ガラスに映して前髪整えてる男の子とか見ると、なんか胸がひりつくっていうか。どの子も、現実の自分を受け入れらんなくて、どこにもいない別の誰かになろうとしてる。あー、なんかわかるよその気持ち、って感じ。

若い頃って自分が自分でいるのがガチで苦しいけど、苦しいって後から楽しいんだなこれが。どうしたら楽しくなるかというと、これは時間が解決する部分が、大いにあります。

だからあわてずあせらず、ゆっくり年をとっていくといいよ。年をとればとるほど、自分が自分でいることが快適になって、イヤでもラクになってきちゃうから。たぶん、瑕疵と思えることも平気で薄目で見られるようになるんですよね。これってつくづく、テキトーに楽しく生きていく上で必要な技術だなあ、と思う。これを覚えておくと、とっても、いいことがありますよ。

LGBTのこと

LGBTっていうセクシュアル・マイノリティの分類でいうと、わたしはG＝ゲイっていうことになると思います。

が。

わたしはこれをあまり人に語ったことがないんです。たしかにゲイではあるんだけど、それはわたしの中では、何をどう頑張っても「愛知県出身」というのと同じぐらいの分量しか占めてない。普段から出身県を考えて生きているわけじゃないし、県民性に真剣に向き合ったこともない。ゲイって忘れてることもよくあります。

最近自分がゲイだった、と思い出したのはいつだったか。電車で座ってたときに目の前でつり革つかんでる男性が、タンクトップを着ていて、その脇から肩、そして腕にかけての筋肉のラインにハッとして、彫刻みたいだと思って、ただちに怪しまれないようにサングラスを装着した上でガン見し始めたときですかね。あーそうそう、ゲイじゃん、って。そういうことはありますけれども。

上京してから、物珍しさでゲイパレードを見に行ったことがあります。街なかを練り歩きながら、「ゲイで良かったー!」とシュプレヒコールをあげる虹色の人たち。あれを見て、「あら、自分もそう思わないとあかんのかな?」と思いかけて、いやいやそんなことないし、なんか違うかも、とフツーに帰りました。かといって、自分と同じゲイを憎んでるとか、嫌いなわけでももちろんない。

2丁目には行かないけど、機会があったら行くかもしれません。ゲイっていうだけで友達になりたいとか思わないけど、知り合った人がたまたまゲイ、ってことはあるかもしれません。わたしにとっては、それぐらいがいちばんラクなんです。

やっとそういうふうに、抑圧されることも、解放を押し付けられることもなく、自然に思える環境になったということかも。あるいは、やっぱりわたしがあんまり人と関わってこなかったからか。関わった数少ない人たちに恵まれていただけかもしれない。

わたしはたまたま性的マイノリティの属性を持っていますが、マイノリティな部分がない人なんていないと思うんです。ただそれが、生きていく上で、常に社会的に意識させられざるを得ないようなことだったときが、ちょっとめんどくさい。

たとえばおっさんがキティちゃんが好きで、家にものすごいコレクションがあったって、別に他人に言う必要ないし、勝手にやってればいいんです。でも性に関しては、人に言わなくても強制的に関わらせられるっていうか。意識してなくても出ちゃうっていうか。はー、しんどい。

カミングアウトっていうのも、なんでわざわざしなきゃいけないんだろう。ひた隠しにするのもヘンだし、かといって聞かれてもいないのに吹聴することもしない、っていうのが自然でいいな。だって人の性的志向ってそういうもんじゃん。ロリコンとか、ファザコンとか、2次元の女の子に恋したりとか、いろいろあるけど、わざわざ世間に公表することじゃないし、人に確認することでもないだろうに。なんでゲイだけ特別扱い？　あー。もー。ほっといて。

と、このようにわたしの場合は、世間が求めるゲイのイメージとは、ちょっとかけ離れてる感じがします。学校じゃいじめられて、親に病気扱いされて、悩み抜いて、大変だったでしょ？　とか言われても、そんな歴史ないです。だからそもそも向き合ってこなかったし、悩みもないから、人の悩みの役にも立てません。

でも、「特に困ってないけど、向き合わなくちゃいけないのかな？」って悩んでる人には、困ってないならそのままでいいですよ、って言いたい。この件に関しては、あんまり深い話できないけど、深い話をせなあかん気がするのがそもそもヘンです。

意味不明なルール

わたしが中学生の頃、真冬の登下校中のマフラー着用が禁止されていました。みんなそういうもんだと思ってフツーに受け入れてましたけど、わたしは寒かったので先生になんで禁止なのか聞いてみました。そしたら「マフラーが自転車の車輪にからまって怪我した生徒がいるから」だって。

……。

もちろん、わたしはムカついたので先生の見てないところでマフラーをしっかり着用して登校し、「今日マフラー要らんくね？」っていう暖かめの日でも怒りのあまり着用し、暑い思いをし、学校が見えてくるあたりで外すということを繰り返してました。

ここで注意すべきは、「みんなが寒い思いをしてるのにサイテー」とか言い出す人です。なぜかどこにでもいますよね。同調圧力とかコントロールの中でイキイキしてる人。まるでマフラーしてるだけで非国民みたいな言われよう。寒いから防寒具つける、ただそれだけのことが、なんでこうもめんどくさくなるかね。

本当に小さな抵抗ですけどね、世の中でそうとされてる常識とかルールがあって、それがどう考えてもヘンだというとき、世の中の半分が従わなかったら残りの半分もなんとな～く「まあアリかな」ってなると思うんです。

わたしは週5で働かないし、連休だからって旅行に行かないし、クリスマスだからって恋人作るのもおかしいし、返済能力がある証明のためにクレジットカードを持つとかローン組むとか、こういうことが全部、もうわたしにとってはほとんど異次元の発想。よく思いつくなあってある意味感心しちゃう。

仕事は食っていけるだけする。旅行は行きたいと思うなら行く。好きな人がいれば一緒にいる。手持ちのお金で買えるものだけで生活する。

世の中の当たり前に従わなくていいんです。もっとシンプルにいこうよ。


なんで「そこじゃないだろう!」っていうようなルールや常識が存在してるのかって、「社会でそうなってることなら何でもいい」っていう人が多いからだと思う。

それが証拠に、あんなにマフラーを悪みたいに言ってたやつに限って、高校生になって校則でマフラーしていいことになったら、急に華やいでバーバリーのマフラーとか巻いて登校してくるんだから。若干、貧乏人がひがんでますけど。な一んだ、あの人も本当はマフラーしたかったんじゃん、って。冬が寒いのはずっと変わらないのに、属する社会が違っただけでこの変わりようって一体なんだろう。従ってればどうでもいいんかい。

このとき、わたしは世の中のルールとか、常識とされてるものの正体を見た、と思いました。要するに、ぜんっぜん、当てにならん!

ルールって、本当に意味わかんないことが多い。ルールが出来るからには「こうしたほうがみんなが暮らしやすい」みたいな理由があるはずで、その理由が実生活で成立しなくなってたら、守る意味ないと思うんですけど。必要ないものを守り続けることで、逆にいま暮らしにくくなっちゃってるじゃん。誰のための、何のためのルールなのか。めんどくさくても、いちいち考えたほうがいいんじゃないでしょうか。

わたしは「ルールだからダメ」「それって常識でしょ」みたいな場に出くわしたら、五感をフル稼働して相手とその周囲をよ〜く観察してみます。その人たちが、もし目先の「社会的にオッケーとされること」しか見ていないと思ったら、適度に無視します。

ひとりずつ、抜け出せる人から、抜け出していくこと。抜け出していく人の、足を引っ張らないこと。そんで、マイナーな先例をどんどん作っちゃう。「あれ？　みんな同じじゃないって、もはやフツーかも」みたいになるまで。そうしたら、ゆっくりとなし崩し的にではあるけれど、生きにくい世の中は変わっていくと思う。

人間はみな平等のはずですよね？

子どものころは、「人間は平等である」と教えられると、ふーんそうなんだ〜って、単純に思ってました。思ってたのに、教わったことが、わたしの生きてる現実と全然一致してないのに気がついてなかった。

今でもけっこう酸っぱい思い出、クリスマス。

ウチにはサンタが来たことないんです。そうすると冬休み明けの友達の話に入っていけないわけですよ。

いや、一度だけサンタが来てくれたことあるんです。まだ小学生のときでした。さすがに何かがおかしいと思っていたわたし。クリスマスも近いある冬の日、母親に相談してみました。

「おかーさん、なんでウチにはサンタさん来てくれんの？」

「サンタ？　そんなもん金持ちのウチにしか来んよ」

え、サンタ超偽善者やん！

母親は容赦なく子どもに浮世の不条理を叩き込みながらも、このとき何かをキャッチしたのでしょう。

その年のクリスマスの朝、わたしが目覚めると、食卓にはまがりせんべいが置いてありました。チラシの裏に「来年はこうご期待！ｂｙサンタ」とか見たことある筆跡で書いてあって、まがりせんべいには堂々と、隣のファミリーマートの値札が。１９８円って。なんつーか。ラッピングぐらいしとけよ！　いやそういう問題じゃない。メリー・クリスマス。

そのときから、サンタにお願いするのをやめました。つか、こんなもん見せられたら何も言えねー！

そうでなくてもわたしは親の極貧生活の話を聞いてましたからね。

貧乏で小学生の頃から働きに出されてたとか、食べ物を買うお金がなくてトイレットペーパーにマヨネーズつけて食べたことあるとか。いやこれ、戦後の日本の話ですよ。

これが平等でたまるかっつーの。

だいたい、不平等というときは、経済力の話なんですよね。

権利はたしかに平等に与えられてるかもしれないけど、お金や環境は平等ではないんです。現代でいうと、そうですね、そりゃあみんなiPhoneの最新モデルを持つ権利はあるんです。でも権利はあっても、それを買って毎月の料金を払い続けるお金がない、って感じでしょうか。

これはもう、今のところ世の中がそういう仕組みになっちゃってるから、ある程度はしかたないと思う。その中でなんとかやってくしかない。

12月
25

来年はこうご期待！
by サンタ

でも、ちゃんといいこともあります。こんな環境から抜け出したい、と思う原動力にはなりますよね。それで、抜け出してみたら、人並みのフツーの生活が、ありがたいったらありゃしない。たまには外食に行ける、誰かのお下がりじゃない服がある、小さくても自分だけの雨風しのげる部屋がある。はー幸せ〜。

コンビニで働いていたとき、子どもがフツーに万札でドカ買いしていったことがありました。この子の将来、幸せを感じるためにどれだけの金とモノが必要なんだろう、と老婆心ながら心配してしまった。しんどそうです。

現実と違うこと教えられると、いざ現実の本当の姿と向き合ったときにびっくりしちゃいますよね。どんなに学校で教えられても、世の中は不平等、と心得ておきましょう。そしてこれを読んでるあなたは、「もうすぐクリスマスですね」という、ただの時候のあいさつに、「うん、貧富の差が身に沁みる季節だよね」というひねくれた返答をする大人にだけは、どうぞならないでくださいね。こんな大人に誰がした。

隠居はベストな生き方でしょうか？

そんなわけないと思う。

今のわたしにとって、こういう暮らし方はとても快適なのですが、他の人もそういうふうに生きるべきかっていうと大いに疑問です。それぞれが、自分にとって何が快適かを知っている、ということのほうが重要だと思うからです。

正確にいうとわたしの場合は、「なんかよくわかんないけどこうなっちゃったし、まいっか」としか思ってません。最初から隠居を目指していたわけでもないですし。イヤなものは拒否し続け、快適なものを選んで、流れ着いた場所が楽しかったので定住してみました、という感じ。思想とか主義主張も特にない。そんな感じなので、3年後に隠居してるかどうかはわからないし、隠居より面白いことを見つけちゃった日にゃあ、そっちを選んでるかもしれない。

20年ぐらい前まであり得なかったワークスタイルやライフスタイルがフツーになってる

昨今です。昔と比べてずいぶん選択肢も増えてきてますから、これからもどんどん多様になっていくことは間違いないでしょう。だからどれがベストかっていうのはこの先、世間に決めてもらうんじゃなくて、自分で発見していくしかないいんじゃないかな。

では、どうすれば自分にとってベストな生き方が見つかるか。

これはですね、外側に開拓していくのではなくて、内側に進んでいくのが意外と根本的な解決の糸口になります。自分が本当は何が好きなのか、どういう暮らしを幸せと思えるのか。自分とずーっと向き合うのってしんどいし、途中でどうしてもめんどくさくなって、流行りに乗っかっとけばオッケー、ということにしたくなる。そこを踏ん張って、イヤになるほど向き合って自分を掘り下げていくんです。そして、いったん自分の源流みたいなものを見つけたら、迷わなくなります。外野がなんと言おうが、その先に自分にとってベストな生き方があると思う。

というのが表面的な答えです。初めて会った人に聞かれたらそんな感じで答えます。が、しかし、そのさらに奥ではどう思ってるかと探ってみると……。

自分の選択した生き方が、正しいとか間違ってるとか、なんで人に言ったり、証明したり、認めてもらわなきゃいけないんだろう、と思ってます。そういう目的で人と比べたりするのって、あんまり興味が持てない。だってどうでもいいし。それを知ってどうするんだろう、とか思っちゃう。

でも真面目な話、それぐらいにしとくと、すごくラクなんです。いい悪いとか、正しい間違ってるみたいな、相対的で対立的な価値観って、疲れると思う。間違ってる何かがないと、自分が正しい側に立てないというのは、しんどくないでしょうか。世の中ってそういうふうにはできてないと思うんです。だって、特に誰も間違ってない場面って、生きてたらよく遭遇しますよね。そしたら自分が正しくなるために、必死で間違ってる他人を探して、あるいは無理やり作り上げて、否定しなきゃいけないじゃん。めんどくさ。そういうのをいちいち判断することからは徹底的に離れて、「個」「わたしはわたし」っていう感じを目指すんです。そうすると、正しさにがんじがらめになってる現代社会の風潮から解放されて、今よりちょっとラクになるんじゃないかな。

だから、何がベストかっていう考え方からも、できるだけ離れていったほうがラクです。がむしゃらに働こうが、ゆっくり生きようが、その人が好きでそういう生き方をしてるなら、ライフスタイルに優劣とか特にないと思うし。

生き方に限らずですけど、何がベストかっていうのは、ただの幻、という気がする。あると思えばあるし、ないと思えばないっつーか。わたしには、同じことのように思えます。

個性って、何?

個性というのは、その人がその人であること、この一点に尽きます。それはとても無意識で、無作為のことです。

たとえば成人式で日本刀振り回しちゃう若者とか、アイスケースにダイブしちゃう高校生とか、なんかスカッとアホなことしたい気持ちは超わかるんだけど、あれだと個性ではなくてただの悪目立ちになっちゃう。これは若いときは勘違いしやすいんだけれど、人の注目をひくことが目的になってる言動は、およそ個性とはかけ離れたものです。そんなことしてたら、没個性街道まっしぐら。意識した瞬間にちゃんとウソくさくなったり、無理してるっぽくなるんだから、よくできてるなあと思う。

かくいうわたしも、古着を着ていた時代は「他人と違う恰好をすること」が目的になってました。でも作為的なスタイルは、遅かれ早かれ無理がくる。長くは続かないんですね。

そういう時期が終わって、いまのわたしの服装なんて、Tシャツにジーンズ。何の工夫もない、一見、没個性の代表みたいなカッコです。しかしそこに作為はまったくない。だからラク。そもそも個性って、人と違うことではないですからね。もう一度書きますが、その人がその人であること、です。表面的には人と同じに見えても、自分だけの価値観の先にそのスタイルがあったのなら、直さなあかんようなことではない。逆に、本当は人と違うのに、我慢してみんなと同じにしてるなら、それは没個性ということになるでしょう。それは自分だけが知っていることですから、ごまかし放題です。

個性の時代とかいって、まるで人と違うことが時代の命題みたいになってますけど、みんながみんな人と違うことを目的にしたら、逆に没個性で不健康な気がする。

個性は外に求めるものではなくて、日々の地道な積み重ねの中から、否応なくにじみ出てくるものだと思います。一朝一夕にではなく、毎日、コツコツ「自分」をやっていくこと。それをすっとばして、本当の意味で個性的になることはできないと思う。本当に個性的な人って、よく見るとわかるけど、人の注目を集めようとしてるっていうよりは、ただひたすら「自分」をやってるだけなんですよね。

でも、人間ってだいたい年をとれば、イヤでもその人にちゃんとなっていくから、安心してください。そして周りの大人が、個性を大切にするためにできることは、その人がその人であることを、邪魔しないこと。これだけです。

あと、自分の好きなことを自然にやってるだけなのに周りの大人に怒られることがあったら、よ〜く覚えておいてください。将来何かのかたちで、それはお金になるかもしれません（笑）。わたしも「隠居してる」とか言ったら、「おまえのせいでGDPが下がった」ってめちゃめちゃ大人に怒られたけど、いまや隠居がネタになって、本を出してお金もらっちゃいましたからね。

個性的になりたいなら、ほっとく！　これがいちばんの近道です。

第三章　衣食住を実感する暮らし

1 「食」で、ひとはつくられる

何を食べればいいのか

たまに外出先で、どうしてもお腹が空いて、知ってるお店も近くにないと、ファストフード店に入ることがあります。

そしてだいたい面白いです。

何が面白いかというと、そこにいる人がどうやって食べ物を食べているのかを観察することです。ほとんど機械的に食べていて、あんまり嚙んでなくて、ひたすら飲み下すだけの人、多し。のどごしを楽しんでいる。ざる蕎麦じゃないんだから。スマホいじりながらとか、ゲームしながらとか、食べ物に目もくれずに、思いも馳せずに食べる。「いただきます」も「ごちそうさま」もない。

こういうとき、食べるってなんだろうなー、と思う。

コンビニでアルバイトしていたとき、コンビニ弁当ばかり買っていく人って、独特の雰囲気がありました。胃はふくれても、気がふくれてないというのかなぁ。量はたくさん買っていくわりに、いつ見ても元気ないし、覇気もないし、色気も洒落っ気も、あらゆる気がない人が多かった。たまに殺気は漂っていたけど、偶然でしょうか。

わたしも上京してから、あまりにお金がなかったので、コンビニの廃棄弁当を食べたりしてましたが、もう翌日如実にだるい。朝うんこ出ないし。これがずっと続いたら、そりゃ不機嫌な顔にもなるかもしれません。それでお金がかかってもフツーに自分で料理するようになった。

ちょっと食べることをないがしろにしすぎてないだろうか、わたしを含めた現代人。

食べるということは、人間が生きていく上で、もっとも基本的な営みです。王侯貴族も、スラムの住人も、アホも、天才も、どんな人も食べないと生きてはいけません。

なのになんで後回しにしちゃうかって、たぶん何を食べたらいいのかわからないか、安けりゃ何でもいいと思っているか、単純に忙しすぎるか、このどれかは当てはまると思うんです。

隠居なりに、それぞれについて、考えていることを書いてみます。

何を食べればいいのか。

安くてリーチしやすいものからとりあえず手に入れようとする↓出来合いのものや冷凍食品を買ってみるというのは、食べるものを自分で決めなきゃいけない過程の第一段階として、すごくよくわかる。で、最初はそれでいいと思う。

わたしは実家にいた頃から料理をしていたし、食べたいもんがあるとパパッと買ってきて、たまには家族の分まで作ったりしてましたから、ひとり暮らしを始めても自炊に困ったことはなかったんです。でも1日30品目バランス良くとかいうのが本当にストレスで、どうしたらそんな超人的なことができるのかサッパリわからんかった。そんなこととしてたらお金がかかりすぎるじゃん。1日30品目なんて、バランスとるのもいい加減にしてください。

それでいろいろ試してみて、金銭的、健康的、精神的に自分が納得できるところとして、昔ながらの日本食に行き着きました。それも、平安貴族みたいなのじゃなくて、平民が食べていたような、粗食です。結果、毎日快眠快便、総合的にすんごいラク。こんなに身近に答えがあったとは……。

結局、人間がずっと昔から食べてきたものがいちばん良い、というところに落ち着いたんですよね。ずっと続いてきた食文化というのは、自分の代わりに昔の人が実験台になって、何を食べればいいか身を挺して調べてくれたってことだし。今のところはそれを食べてれば大丈夫なように体もできてるんだと思う。

栄養学とかカロリーとか流行とか、何十年単位で変わっちゃうものを基準にしてたら、しんどいしキリがないじゃん。わたしが子どもの頃はマーガリンが健康に良いと言われてたんだから。現在じゃ発売禁止になってる国もあるのに。今さら有害と言われても、もうけっこう食べちゃったじゃんか。

と、このような経験があるので、食に関してだけは保守的です。そんな易々と信じてやんないもんね。

最近だとＷＨＯ（世界保健機関）が掲げてるバランスのいい食事目標って、日本食を参考に作られてるんですよ。２０１３年には、和食が世界無形文化遺産に登録されましたし。つまり、最初から、和食という自国の文化に自信持ってて良かったんです。迷ったら、広告代理店やメディアじゃなくて、先人に訊くべし！

次に、何がいちばん安いのか。

目先のことだけ考えたらファストフードとかコンビニ弁当でいいんですけど、この先50年分ぐらいの費用対効果を考えると、やっぱり自炊がいちばん安くあがると思う。

だってファストフードを主食にして成人病になっちゃったら、後からものすごいお金かかるじゃん。お金だけじゃなくて、成人病になる頃にはけっこう年老いてると思うから、治すのに時間も体力も倍かかってますますしんどそう。

今日食べるものが、10年後の自分の健康を作ってると思えば、ちょっとぐらい良い食材を買って自炊したって、結果的には安いものだと思うんです。

貧困層のわたしが、アラサーになっても毎日すこぶる健康でお肌もピチピチしていられるのは、いいもん自炊してるからだと自負しています。

これればかりは、わたしがあと30年ぐらい生きて実証しないと説得力がないので、これからを楽しみに待ちたいと思います。


かといって、自炊に執着しているかといえばそういうわけでもない。

たまには都内のおしゃレストランに友人と食べに行きますし。こないだ家で作り付けのコンロが壊れたときなんか、業者が交換に来てくれるまでの1週間、オーブンでスコーンを焼いたり、ロンドンにいた頃よく食べてたミューズリ（グラノーラみたいなやつ）を久しぶりに買ってきてヨーグルトにかけて食べたり。冷凍食品とか、レンジで使えるシリコンスチーム鍋とか、普段使えないものを使ったりして、コンロを使わない生活もけっこう楽しかったなあ。そして今の冷凍食品の技術よ！　フツーにうまいじゃん。というわけで、たまに気分を変えたいときに買ったりしています。それぐらいがちょうどいい。

では最後に、忙しすぎて食に時間がかけられないというパターン。

余裕がないって本当にしんどいですよね。

わたしが働いていた都内のコンビニも、忙しすぎて昼ご飯を食べることも許されず。これはもう忙しすぎる環境からだんだん離れていくしかないですよね。そうまでしても、やりたい仕事ならわたしはやるかもしれません。けど、特にやりたくもない仕事なら、人知れず安いアパートを探し、頃合を見計らって「実家の親が倒れた」とか仕事場に嘘をつき、田舎に帰ったフリして計画的に忙殺ライフから離れるのなんて、なかなかいいと思う。

余談ですが、いただきますの意味について。

隠居を始めてから、野草を採ってきて食べるようになったんですけど、食べ物って食べられる状態になるまでえらいこと手間がかかるんですよね。たくあん1枚だってさ、たくあんのまま畑に生えてるわけじゃないし。作ってくれる人がいて、店に運んでくれる人がいて、売ってくれる人がいて、それを買ってきて調理してくれる人がいて、やっと食べられる。どんだけの人の手を伝わってわたしのとこへ来たのか考えると、これはえらいことです。

しかも、野草を見てると不思議なのが、なんで何もないところからこの草は生えるの？っていうことなんです。あんた何。なんでそんな姿なの。どこからやってきたの。なんで毒を持つ野草もあるのに、あんたはフツーに食べられるの。どんだけ科学が発達しても、野草ひとつ、ゼロから生み出せてないのはなんでですか。なんか自然すげーな。ありがたい。いただきますの意味ってこういう感じじゃないかなあ。やらされてやるもんでもないけどさ。

関係ないようですが、わたしは手を合わせるのも好き。そこに付随する意味はいろいろあるけれど、単純に人が手を合わせたかたちが美しいと思う。神社とかお寺で人が祈ってるのを見るのも好き。まず上から頭、ちょっとうつむき加減で目を閉じていて、首から肩が広がって、スッと腕が伸びて肘で折り返して、三角が体の前にできて、あれはすごくバランスがとれたかたちだと思う。誰が考えたのかね、あんな所作を。こんな姿勢のデザインを。なんかもー、ずっと見ててもいいね。

粗食をしたらこう変わりました

英語で、"You are what you eat"ということわざがあります。

これは、「あなたは食べたもので出来ている」という意味なんですけど、食べるものと心身状態はたしかに関係していると思う。

いちばんわかりやすい例は動物でしょうか。肉食動物は獲物を狩らなきゃいけないので性格が獰猛になる。いっぽう草食動物は草だけ食んでればいいのでテキトーに平和に暮らしています。食べるものが先か性格が先か。わたしは両方だと思っています。

肉食か草食かどちらになりたいかと言うと、正直どちらにもなりたくないんです。できればそんなもん通り越して、草になりたい。襲いもしないし、逃げもしないし、無我。太陽と土と雨があればオッケー。酸素出したるから吸っとけ。踏まれても食べられてもまいっか。最強じゃん。わたしは草になりたい。


それはともかく、わたし自身のことを振り返ってみると、ひとり暮らしをする前まではフツーにお肉も美味しく食べていたんです。ワラジかっていうぐらいでかいチキンの揚げたのだって余裕で食べれましたもん。部活が陸上部だったので（↑いま思うとなんで用もないのに走んなきゃいけないのか、自分を見失っていたとしか思えない）、ああいう場面では闘争心が必要ですからねぇ。そりゃお肉も必要かなって。

ところが隠居になってから、もう競争とか勝負とかと無縁の生活になってしまいました。ここからお肉離れに拍車がかかります。争いがない生活になるとお肉が美味しくなくなるのか、お肉から離れたから争うことがなくなったのか。これも鶏が先か卵が先かに似てると思う。そんなわけでいろいろやってみて、食生活をゆるい玄米菜食にしてから、どうでもいいことにキレることが確実に減りました。そしたらすんごいラク。キレるってけっこうなエネルギー使うのね〜、なんて思ったことです。

肉を食べなくなって、欲も減った。生きていくために必要な欲求だけが残っていって、必要ないものは勝手に淘汰されていく感じ。今、デフォルトで食欲と睡眠欲。オプションで性欲。物欲や金銭欲は、必要なだけあればそれ以上欲しいって思わなくなっちゃった。以前は、特に欲しいものがなくても、「なんかあるかな〜」って古着屋とか古本屋とか覗いたもんだけど、今はガンガン素通り。急に時間が空いちゃったときに寄るぐらいかな。そもそも行かないんだから、ますますお金使わない……。こういう自分自身の変化って、見ていると本当に面白いものです。

これは個人の感想になりますが、たとえ玄米菜食にしても、今の自分に必要な欲求はちゃんと残ると思うんです。欲や野心や怒りがまったくなくなるかといったらそうでもなくて、しかるべきときにちょうどよく出てくるようになる感じ。

わたしのケースで言うと、たとえば本を書くこと。

本を書かなくても、フツーに週2で働いてハッピーに生きてはいけてたんです。じゃあなぜ本を書いたかって、そういう条件がそろったとき、「本書きたい」という野心が自然に沸き起こったからに他なりません。書かなくたって生きていけるのに、わざわざ書いた。これが野心でなくてなんだろう。野心を出したいときは、景気づけにちゃっかりお肉を食べたりして調整することも忘れません。なくなってないじゃん、野心。

怒りについても同じです。

玄米菜食になってから、他人が何しようが本当にどうでもいい。街でヘンな人を見かけても、赤ちゃんが大泣きしてても、電車が遅れても、別に何とも思わない。だけど戦争とか汚職とか、児童虐待とか動物虐待とかは許せない。憤懣《ふんまん》やるかたない。だから、よけいなことで怒ったりしなくなった、というのが正しいと思う。

誰も興味ないと思いますけど、最近は性欲もあんまりない。だってセックスするまでには、いろいろあるじゃないですか。身繕いして外に出なあかんし、お酒飲んだり、なんか食べたり、コンドーム買うのにもお金かかるし。セックスしなくても、性欲があるとエロいコンテンツにお金使ったりさ。無料だとしても、探したりするのってやたら時間を浪費させられる。めんどくさい。そんな自分が嬉しい。ついにわたしも憧れの枯淡の境地に……。で、たま〜にそういう機会があると肉食って調整（笑）。いつも性欲でムンムンしてたらお金と時間と体力がかかってしょうがないですから。色気は必要に応じて出しといたらいいんです。

MY粗食マニュアル

一般的な粗食の考え方とは少し違うかもしれませんが、わたしがたどり着いた粗食マニュアルをここらで書きたいと思います。

わたしの食事は、俗にいう玄米菜食ってやつです。だいたい玄米、おみおつけ、漬物。納豆とか、サバの味噌煮とかを食べることもありますが、基本はこれを1日1食。あとは気分でアレンジを加えるというゆるいスタンスです。

粗食をするにあたって、無視できない言葉が「一物全体」です。これは食養という日本古来の栄養学の基本的な概念のひとつ。「野菜でも魚でも、食べ物は全体で完全な栄養素。まるごといただくのが、栄養のバランスがいい」という考え方です。つまり、魚なら骨まで食べたほうがいいし、野菜でも、葉っぱや皮は捨てずに食べきる。そうしたほうが、きちんと栄養が摂れるということ。皮とか骨にも、意外とたくさん栄養がつまってたりするんです。これは玄米も同じで、精白してとれてしまう胚芽とかぬかの部分が皮にあたるのかな。お米もそのまま食べたほうが栄養価は高い。まるごと食べるのだから、出来るだけ無農薬がいい。

ですから麺類も、精白しているうどんよりは、お蕎麦を食べるようにしていますし、パンもなるべく全粒粉を使ったものを選ぶようにしています。

これめっちゃラクじゃないですか？　だってひとつの食材をまるごと食べれば完全な栄養素が摂れるなら、品数をたくさん作らなくていい。品数が少なけりゃ洗い物も減るじゃないですか。しかも食べきるようにすれば効率がいいし、捨てるとこないからお金も浮く！　国産の無農薬野菜でも結果的にそんなに高くはない。

それから、「身土不二《しんどふに》」という言葉も好きです。

これも食養の考え方で、わたしのからだ（身）と、住んでいる土地（土）は、ふたつに分かれたものではない（不二）、ひとつに結びついているものである、という意味の言葉です。

わたしはこれを、住んでいる土地が育んだものを食べていれば、その土地で生き抜くように体が出来てくる、ということだと考えています。

ちなみに、国家とかいう単位で考えるとよくわからないので、自分の住んでるあたり、と考えたほうがいいです。たとえばアメリカなんて、ハワイで採れたパイナップルをニューヨークで食べてもどうなのかって話で。ま、近くの農家で採れた野菜、ぐらいでいいんじゃないでしょうか。

そもそもわたしが粗食になったのは、めんどくさがり屋だからだと思います。

料理はまあ気分転換みたいなもんだけど、毎日3回もやってたらめんどくさくなる。どうせ毎日やるんだから、手間ひまかからないほうがいいじゃん。でも健康も欲しい。そんなわたしにピッタリなのが粗食だったのです。

粗食＝日本食＝時間と手間がかかる繊細な料理、とわたしも思ってました。が、フツーの家庭料理ならそんなにめんどくさくない、ということにやってみて気がついたんです。

たとえば、お味噌汁。だしの素とかは使わないので、昆布を細長くハサミで切って、これを一晩水に浸けておくだけ。水出しっていう、れっきとした調理法です。昆布は切った断面からだしが出ますから、切って一晩入れとくだけでいい感じになるんです。で、朝起きたら、これを火にかけて、ふつふつしてきたら絹ごし豆腐を切らずに投入。絹ごしは柔らかいので、鍋の中で箸を使ってお好みのサイズに切ればいいんです。昆布も取り出すのめんどくさいのでそのまま食べればムダになりません。で、あとは沸騰させないように味噌を溶かして終了！

ごはんも一気に炊いておけば手間も減るし、漬物もその都度じゃなくて、３日分ぐらい一気に漬ける。毎食違うものを作り続けるより、よっぽどラクですよ。

やってみて実感したのは、粗食って庶民にピッタリの食事だなあということ。こないだ歴史の本を読んでたら、平安時代の食事が載っていました。貴族は、当時の贅沢品である白米に、漬物に魚介に海藻に汁物に甘味にお酒に、調味料も味噌に塩にお酢と少しずつたくさんお皿に載ってきて、１食に10品ぐらい食べてるんですよ。口、何コあるんだよ。ヒマか。

でも貴族は白米でいいんです。だって、それを補って余りあるおかずを作る財力があるんですから。ものは食べようです。

それに引き換え庶民の食事の質素なこと！　ごはんは玄米か、麦やあわ、ひえを混ぜた雑穀米。おかずは漬物1品に汁物。これだけ。庶民は働かなきゃいけないし、そんなに時間もお金もかけられないから、効率よく栄養が摂れる食事に自然となっていくんですね。逆に言えば、お金も時間もかからないのに栄養は摂れてるっていうことです。

ただ、個人差は絶対にあると思います。何度も言いますけど、わたしに粗食が合っているからって、万人に合うとは限りません。体質って人によって違いますから。最終的な決断は自分でするしかないんです。

このご時世、せっかくたくさんの健康法や食事法があるのだから、きちんと自分で実感して、合ったものを採用すればいいんです。白米の食感が好きだっていう人は、白米を食べればいいんだし。玄米が嫌いなのに、健康だからと言い聞かせて無理して食べてるのって、しんどそうです。

そしてもうひとつポイントがあるとすれば、テキトーにやること。

いくら肉を食べないからって、アレルギーでもなかったら、たまには食べてみるゆとりがあったほうが楽しい。

わたしは人が作ってくれたときとか、肉料理が有名な土地に行ったら、迷わずいただきます。

ザ☆隠居めし
これで十分
いただきまーす
お味噌汁
玄米
漬物
おかず：サバの味噌煮とか
（あったりなかったり）

風邪ひいたときとか、夏の盛りはどうしても玄米みたいなしっかりしたもん食べる気にならない。そんなときはあっさり白米にしちゃいます。

家では玄米菜食、外では気にしない！　これくらいテキトーなほうが、わりと長生きするかもしれません。

ここ1週間の献立

玄米、お味噌汁、たくあんという基本を踏まえて、実際はどんな感じで食べてるのか、ちょっと公開します。

◎月曜日

朝：トースト、りんごジュース

昼：桑の茶殻入りラーメン

夜：ごはん、かぼすと鮭のホイル焼き、たくあん

かぼすを友人にいただいたんでね、あんま使わないしどうしようかなーと思って。秋だし、鮭と薄く切った玉ねぎとかぼすに塩コショウ＆バターを載せて、ホイル焼きにしたら美味しかったです。

◎火曜日

朝：トースト、りんごジュース

昼：ごはん、かぼすと鮭のホイル焼き、たくあん

夜：さつまいもと大豆のカレー、ごはん

昔買ったカレーのルーが、もう賞味期限切れそうになってて。あんまり肉食べれんもんで、代わりに国産大豆の水煮を買ってきました。基本、料理に使う材料は2種類までと決めてるんです。それで、秋っぽくて大豆にも合う野菜ってことで、さつまいもを1本まるごと使いました。なかなか合うんだ、これが。さつまいもは煮崩れるから、短めに茹でると◎。

◎水曜日

朝：トースト、りんごジュース

昼：ヨモギのかけそば、納豆

夜：さつまいもと大豆のカレー、ごはん

秋はあんまり野草が採れないので、春のうちに保存食にしといた乾燥ヨモギが活躍します。常備菜がない！　なんてときにひとつまみ入れると彩りが加わります。

◎木曜日
朝：トースト、りんごジュース
昼：小松菜そば、納豆
夜：ごはん、ヨモギの味噌汁、たくあん
たまに基本メニューから離れて、戻ってくるとホッとする。外食した翌日とかお酒を飲んだ後って、その反動で1週間ぐらいごはん味噌汁たくあんを必ず毎日1食は食べる。体が通常モードにゆっくり戻っていく感じが楽しいです。

◎金曜日
朝：スコーン、紅茶
昼：小松菜ラーメン
夜：鶏釜飯（外食）
小松菜は常備菜です。麺類にもごはんにも合う。小松菜じゃなくても、季節の野菜ならなんでもいい。葉物は軽くお湯にくぐらせてから、ごま油としょうゆで炒めるだけ。冬になると、根菜のすりおろしたのを常備菜にします。にんじん、だいこん、しょうがが多いかな。すりおろしても、冷蔵庫に入れとけば2～3日は大丈夫。オレンジに白に黄色、鮮やかな色を見ていると寒くても元気になります。

◎土曜日

朝：スコーン、紅茶

昼：ごはん、ギョーザ

夜：ごはん、ヨモギの味噌汁、納豆、小松菜炒め

たまに食べたくなるギョーザ。普通のチルドのやつを買ってきて、焼いて食べました。なんであんなに美味しいんだろうね。肉より野菜のほうが詰まってるし、肉料理でも食べやすいのが嬉しい。

◎日曜日

朝：トースト、りんごジュース

昼：ごはん、ギョーザ

夜：ごはん、豚肉と野菜のサムジャン炒め

最近、朝はだいたいトーストにりんごジュース。しょうがのすりおろしを入れて、レンジでチンします。これを食べながら、前の晩に洗っておいた食器を片付けるというのがマイルール。夕食は介護の仕事先で作り、一緒にいただきました。当たり前ですが、外では

自分の好みはどうでもいいことなので度外視しますし、ちゃんと肉も食べます。でも、たまにステーキみたいなのだと、食べきれなくて食べてもらったりします……。

このように、基本は3食ですが、お腹が空いてなかったら食べないこともあります。どうしてもお腹が空いて眠れなかったら深夜に4食目を軽く食べちゃうことも。量は少なめです。そんなに働いてないんですから。やっぱり、必要な分だけエネルギー摂るようにすると体の調子がいいんですよね。あ、たくさん食べると眠くなるし、体がだるくなるのがイヤ、というのはありますね。

わたしは何でもそうだけど、はじめに自分ありき、です。

自分に合う食生活を見つける

これを読んでいる方に誤解しないでいただきたいのは、わたしは今のところ粗食がベストという結論にたどりついたけれど、だからといってみなさんに合うとは限らないということです。これは、一般的に健康とされているベジタリアンでもマクロビでも同じ。食べるということは、胃にものを入れるだけのことじゃなくて、それぞれの生活に密接に関わっていることだし、その生活は千差万別だからです。

たとえば肉体労働者が、昼の休憩に牛丼大盛りをドカ食いするのは、合理的なんです。すぐにエネルギーに変わるものが必要だし、アグレッシブな仕事なんですから。だけどわたしがそれと同じ食生活をしてたら、消費エネルギーの量も質も違うから、合ってないことになります。

自分にはどんな食生活が合っているのか、答えは自分で探すしかありません。とはいえ、わたし自身の経験から、ヒントはあるように思います。

まず自分が食に何を求めているのかを一度考えておくと、献立や買い物に迷うことが少なくなります。たとえば……。

・栄養補給
・楽しみ
・ひまつぶし
・他人とのコミュニケーション
・健康
・見た目の美しさ
・味の良さ

・合理性
・礼節
・流行
・ステータス
etc.

わたしは栄養補給というのが第一義的にあるとしても、絶対外せない要素はひまつぶし、健康、味の良さ。まあまああればいいのは、楽しみ、他人とのコミュニケーション、見た目の美しさ、合理性、礼節。要らないのは流行とステータスかな。

自分が食に何を求めているかわからない、という人も大丈夫。もうひとつの基準は、これまたどういう環境でどういう生活をしているか、ということです。

・年齢
・体調
・持病の有無
・どんな仕事をしているか
・自炊派か外食派か

・アレルギーや、食べられないものはあるか
・何人暮らしか
・どういう気候の土地に住んでいるか
・経済的制約（食べ物にいくら使えるのか）
・週に何回買い物に行けるのか
・週に何回料理ができるのか
・自宅の保存収納はどれくらいあるか
・キッチンの広さ、設備
・どんな農家や会社を応援したいと思っているか

わたしの場合、アラサー、体調はすこぶる良好、持病はないが視力と人付き合いが悪い、アレルギーはない、仕事は介護と文筆だけどあんまり働いてない、だから家で自炊することが多い、自炊は好きだけどたまに外食もしたい、温暖で四季のある東京に、ひとりで暮らしている。そんなにお金はないが、長い目で見て健康でいられるなら無農薬でも買う、週に2〜3回買い物に行けるけどそれ以上はめんどくさい、カンタンな料理を毎日する、保存収納はあんまりない、キッチンも小さくてコンロは1個しかない、レンジとオーブンと電気ケトルはある。できるだけ地産地消を応援したい。

ここまで出せば、今の状況下で何を食べるのが合っているか、だいたい決まってくるんじゃないかと思います。

わたしなら、お米と野菜はできるだけ国産の無農薬、毎日料理をするので保存のきく主食（玄米）は2キロを買っとく、野菜など生ものは小さいサイズ、あんまり働いてないので少食、でも仕事のある日は多めに食べとこ、毎日自炊するし、ひとりで食べるだけなのでカンタンなものでいいや、コンロがひとつなので煮るか焼くかで出来るもの、自宅で作るとめんどくさいものはたまに外食にしちゃう、保存収納はあまりないので基本的なものだけ、めんどくさいしレンジもあるので3食分ぐらい一気に作っておきたい。冷凍庫はない。

こうすると、だいたい朝は食パン、昼は麺類、夜は玄米とお味噌汁に漬物、季節の常備菜をいつも1種類用意しておく！　で、たまに外食とか出来合いのもの、となんとなく決まってきます。

おかげさまで現在、1日の食費は300円ぐらい。やはり自炊ができるに越したことはないですね。それだけで、対応できる範囲が広がります。

最後に、これだけは忘れずに心がけてほしいのが、必ず「自分で実感する」というステップを踏むこと。人やテレビが言ってるからって鵜呑みにしないでください。こういう食事にしたら、どうなったのか。よく眠れるようになったか、毎日便は出るか、持病の調子は、お肌の調子はどうか、精神的・経済的に無理がないか。こういうことを照らし合わせて、自分自身で判断することを、すっとばさないでください。そして定期的に微調整していくことを、ぜひ続けてください。これは終わりがなくて大変なようですが、これをやらないと「これさえ食べとけば健康って言ったじゃん！」と人のせいにすることになっちゃいます。病気になってからじゃ遅いんです、だって世間は責任とってくれませんから。

キッチンとその周辺

まずは調理器具について。これは服や掃除用品なども共通なのですが、場所が限られていますので、ひとつのことにしか使えないものはなるべく持ちません。複数の用途を兼ねるものだけ、あるいは毎週なにかしらに使っているものだけを厳選します。

調理器具で揃えているのは、基本的なものだけです。しゃもじ、フライ返し、お玉、トング、ハサミ、皮むき器、計量カップ。刷毛とふるいはスコーンを作るときに。

使い回せないものは持たないと言っておきながら何ですが、刷毛とふるいは、スコーン作りにしか使っていません。でも、スコーン作るのだけは楽しいんだこれが。小麦粉ってふるいにかけただけで、サラッサラになるんですよ。さっきまであんなにゴツゴツした見た目だったのに、本当はそんなやつだったのか！　指で混ぜるとフワフワで軽くて、重力なんかないみたい。これが楽しくて、しばらく無意味に触る。

あと刷毛は、オーブンにぶち込む前にミルクをまんべんなく表面に塗るために使うんです。指で塗ってもいいんだけど、塗りムラができて焼き色がきれいに出ないし、塗るときの「んぺとし」っていう感じがなんかたまらん。


こういうのは、愛すべきムダということで、いずれもわたしの生活には大切なものです。生活の全部に意味のあることを求めると、持ち物は少なくなるかもしれないけど、息がつまりそうだしな～。これくらい、ムダなことがあっても楽しいと思っています。

話それますけど海の底で七色に光ってるクラゲって、なんで光ってるのか解明されてないらしいよ（笑）。餌をおびき寄せるためでもなく、メスを呼んでるわけでもなく、ただ光ってる。そうでなくても環境の厳しそうな深海で、光るためだけにエネルギー使うなんて本当ムダ！　あー可愛い。だけど七色に発光するクラゲのいない深海なんて、想像してみてくださいよ。クラゲも素っ気もないですよ。愛すべきムダのない世界なんてさ。

なぜか話がキッチンから深海にダイブしていきましたが、キッチン周辺だけでなく服とか考え方もだいたい同じ。わたしの暮らしって、「最低限+ひとつまみのムダ」で出来ているように思います。


これらの調理器具は、キッチンの向かって右手の壁につっぱり棒とフックを使い、そこにすべてかけています。これくらいなら場所もとりませんし、さっと手に取れます。

正面には左右2つフックがあって、左にフライパン、右には下からまな板、フライパンの蓋、シンクにピッタリの水切りかご、野菜を洗ったり、洗った食器を一時的に置いたりする大きなボウル。この順番です。


シンクの下にはIKEAで買った大中小のステンレス鍋。わたしはだいたい3日分ぐらいまとめて作るので、これは必須。他に、ステンレス製のボウル、ざる、タッパ各種。保存が多いのでタッパは多めに用意しています。サランラップやアルミホイル、ジップロック、クッキングシートなど調理補助具もここに。

小さな食器棚には、箸やカトラリー、お皿1枚、丼が2つ、友人からもらった月兎印のティーポットと、よく使う紅茶を。

2つ目の丼はゲストが来たとき用に……とかおしゃれぶっていたが、これを書きながらほとんど誰も訪ねて来ないことにハッと気がついたので、自分のだけ残して、あとはマイ食器持参制にしようかと思っているところ。

次に調味料についてですが、塩、コショウ、酒、しょうゆ、味噌、みりんなど、よく使うものだけを常備します。ヨコモジのおしゃれ系スパイスは、どうせ使い切れないので買いません。油はごま油とエクストラバージンのオリーブオイルのみ。こうするとキッチン周りにモノが少なくて掃除もしやすいです。

だしは昆布と、化学調味料を使っていない中華だし。

冷蔵庫は、コンロの下に収まるサイズの、小さな1ドア冷蔵庫です。これはアパートに備え付けだったので、もちろんありがたくそのまま活用。冷暖房をほとんど使わないので、ある冬ふと思いついて冷蔵庫の電源を切ってみたら、全然問題なく使えました。室温でオリーブオイルが凝固するほど部屋が寒いんだから、それ以上冷やしたいもんなんか、ないんですよね。電気代もったいない。

買い物に行くのは週に2回くらいですが、冷蔵庫が適度にスカスカになってくると、そ

〈小さな食器棚〉
箸・カラトリー
お皿1枚、丼2つ
ティーポット
フライパン
ボウル
水切りかご
フライパンのふた
まな板
調理器具
隠居キッチン
調味料
塩
コショウ
酒
しょうゆ
味噌
みりん
など
〈シンク下〉
鍋、ボウル、ざる
タッパ、ラップ
アルミホイル
ジップロック
クッキングシート
など
アパート備え付けの
冷蔵庫
★冬は電源を
切って節電

ろそろだなと思う。だいたい使うものや頻度が決まっているので、買うものにもそんなに変化がありません。いつものスーパーに入ったら10分以内に出てきます。

毎回買うメイン食材は、牛乳、果汁100%ジュース（夏はオレンジ、それ以外はりんご）、食パン、豆腐、納豆、乾麺（たいていお蕎麦か中華麺）。バリエーションで、もやしとか玉ねぎなど、近所の農家直売所で売ってない野菜、ジャム、バター、お菓子類。

ブランドや種類も決めておくと、場所や値段をいちいち迷わなくていいのでラク。たとえば、豆腐は「ケンちゃん豆腐」の絹ごしを買うし、ジャムは「サンダルフォー」のブルーベリーです。安売りのたびに迷ってる頭がもったいない。で、たまに気分を変えたいときに、歩いたことのない通路を歩いてみたりします。新しい発見は、新しい発見が欲しいときに探しに行けばいいんです。いつも探してたら疲れますから。

なんとなくでも決めておくと、ちょうど冷蔵庫内のものがおおかた片付いたぐらいで買い物に行く、というペースがつかめてきます。で、買ってきたものを入れる前に、せっかく冷蔵庫がいい感じに空っぽになってるので、ぞうきんでサッと拭いておくと、いつもきれいに使えてハッピー。

食材をどこで買うか問題

いつも買う店を決めておくと、とても便利です。毎日チラシをチェックして、1円でも安くたくさん買っておくという考えはわたしにはありません。これは、節約を目的に生きてるわけではないからです。安さだけを求めて3店舗まわってる間に、家に帰って読みかけの本が20ページは読めちゃいます。わたしにはこっちのほうが価値のある時間の使い方なんです。

わたしの場合は、よく行くスーパーが1軒、たまに行く農家直売所や自然食品店が数軒。自然食品店とか農家の直売所は、概して不定休だったりするので、サブ使いです。最近は、ひとり暮らしに嬉しい無農薬野菜100円コーナーとかも充実してきていい感じ。駅前に行ったとか、散歩のついでに覗くとか、それ自体を目的にしないようにすると、休みだったときもガッカリせずにすみます。

無農薬系のものを買うときによく聞く意見として、「それが無農薬かどうか信用できない」というのがあります。

大きなチェーン店だとそういうこともあるかもしれません。が、小さな店の店主と話してみると、流行や風評に踊らされない独自の判断基準をしっかりと持っていることが多くて参考になります。自分で何もかも調べるのはめんどくさいので、これは大いに利用させてもらいます。たとえば、有機ＪＡＳマークについて。じゅうぶん認定される品質のもので、マークを表示すればもっと売れるとわかっているけれど、取得するのにはたくさんのお金がかかるし、大量生産する気はない。だから昔からの顧客に向けて、オーガニックと謳わずにひっそり作られているものもあるとか。他には、農水省の有機規格からは外れるけれど、地元の若者が化学肥料や農薬を使わずにやっている農家の野菜から、店主が食べて美味しいと思うものだけが売られていることもあります。これはもう、その心意気を買う感じかな。こういう話聞くの好き。

これ裏ワザなんですけど、自分は詳しくなくても必ず美味しい食材が手に入る方法を紹介しちゃいます。無農薬の玄米や味噌など、知り合いのカフェで出しているものを、わたしの分まで一緒に発注してもらうのです。ごはん屋さんが美味しいと思って自分のとこで出してるものですから、この方法で不味いものに当たったことはありません。あんまり頼みすぎてもアレなので、様子を見ながら切り出すようにしてますけど。

とにかく、食材を買うときは「この農法ってどういう意味ですか？」と聞いてみて、よく知らないとか、説明をめんどくさがるお店からは買わないことにしています。

とかいって最終的にはあんまり気にしないんですけどね。正直、自分が美味しいと思えば無農薬じゃなくても食べますし。マークは目安にするぐらいかな。あんまり無農薬にこだわりすぎるのもしんどいし、逆に不健康です。

紅茶とスコーン

紅茶とスコーンが好きです。

スコーンというのは、イギリスの代表的なお菓子のこと。ちょうど、パンとケーキの中間みたいなやつ。ホテルとかでハイティーを頼むと、必ず3段プレートに載って、円盤型のゴツゴツしたのが出てきますよね、あれらを少しずつ食べながら、ゆっくりと紅茶を飲み、会話に花を咲かせるのが優雅なひととき。

と、ここで、すみませんがみなさんのスコーンと紅茶にまつわる夢をひとつずつ壊していきたいと思います。

イギリスの習慣っていうと、やたら貴族的なイメージを持たれる方が多いように思うんです。昔のイギリスではそうだったかもしれませんが、わたしが実際現地に行った感じでは、現在、紅茶は庶民の飲み物です。わざわざ紅茶のためにハロッズとか高級デパートに行くのは、ほぼ観光客。庶民はスーパーで1箱1ポンドちょっとで売ってる、PG Tipsとかテキトーなブレンドのティーバッグのやつを買って飲んでます。労働者階級が1日に何度も飲むんだから、いちいちポットを温めて、茶葉から淹れてられません。庶民はマグカップにお湯を注いで3分！

これでも、ロンドンなんかは水が硬質で石灰も含まれていて、フツーの茶葉がとても濃く入ります。そのまま飲むと濃すぎるから、ミルクを入れるくらいがちょうどいいんですね。で、ミルクを入れた紅茶がスコーンに合うこと‼

日本のスコーンってやたらサクサクしてますよね。なんかおしゃれなチョコチップとかも入ってて。でも本場のはあんなにサクサクしてません。食べ物が不味いことで有名なイギリスです。どちらかというとモッソモソ。喉につかえてしょうがない。でもこの食感だから、たっぷりのクロテッドクリーム（もしくはバター）と、ジャムと、濃い目に淹れたミルクティーが絶妙なマッチングを見せるのです。

さて、わたしが自家製スコーンをどうやって作っているのか知りたい方も、ちょっとぐらいはいてくれたっていいでしょう。

あのー、スコーンって、正直言ってレシピないんですよね。わたしは計りも計量スプーンも使わないし、だから今まであんまり人に教えたことないんですけど。スコーンって日本で言うとおにぎりみたいなもんだと思っています。特にこれというレシピってなくて、その人なりの作り方があるだけ。というわけで、わたしの勝手な作り方ではありますが、ご紹介しましょう。

☆隠居式スコーンのつくりかた☆

①ふるいに直接、小麦粉（薄力粉）を250グラム、砂糖をテーブルスプーン山盛り1杯、塩をひとつまみ、食用の重曹をティースプーン1杯入れ、ボウルにふるって落とします。

②適当に混ぜながら、牛乳を少しずつ加え、しっとりした生地になるまでこねていきます。

③それを直径5センチぐらいの円盤形に整えます。10個ぐらい出来ると思う。このとき注意するのは、雑にこねておくこと。あんまり丁寧にこねると、焼き上がりのゴツゴツ感がなくなって美味しくなさそうです。

④オーブン皿にクッキングシート、その上に小麦粉を薄く敷いておきます。そこにスコーンを載せ、刷毛で表面に牛乳を塗っていきます。

⑤オーブン「強」で8～10分ぐらい。気温によって調節してください。

⑥きれいに焼き色がついたら完成。取り出して、冷ましておきます。

⑦食べるときは、そのままバターとジャムをつけてもいいし、横半分に切ってオーブンで温め直しても美味しい。個人的には、セイロンで淹れた濃い目のミルクティーがベストマッチ。

注意していただきたいのは、やたら何かを加えようとしないこと。

よくドライフルーツとか、チョコレートでコーティングしたりとか、レシピを教えても必ず何かよけいなアクションを加える人、います。「基本も出来てないのに新しいことするんじゃないの！」と怒ると、喜ばれるのでムカつきます。喜ぶな。

隠居式
スコーンのつくりかた
塩
砂糖
小麦粉
重曹
ふるい
サラ
サラ
ヨーグ
まぜ
まぜ
雑にこねる
こね
こね
表面に牛乳をぬる
んぺとし
クッキングシートに小麦粉をうすく敷く
ういいいいン
オーブンで8~10分くらい
完成!!
んまーい!!
ミルクティーが合う!

☆隠居式りんごジャムのつくりかた☆

ついでに超カンタンりんごジャムの作り方です。

スコーンにはジャムが必需品だけど、りんごジャムってあんまり売ってないんですよね。なので自分で作ることにしました。

①皮まで食べられる有機りんごを用意します。

②それを皮ごと小さく切って、てんさい糖などを鍋に加え、弱火にかけます。

③そのままコトコト、半固形、半液状になるまで煮込みます。これだけ!

これを覚えておけば、めちゃカンタンなのに、ちょっと人の家にお呼ばれしたときや、プレゼントしたいときなどとても喜ばれますし、おやつにも朝ごはんにも食べられます。しかもパンより安い。いいことばかりです。

野草狩りもまた楽し

季節になると、野草とか山菜ってよくスーパーで売ってますよね。しかも、けっこうなお値段です。今年の春は、ヨモギの小さいパックが298円で売ってました。だけど野草って、なんでわざわざお金出して買わなきゃいけないんだろう。それで、図書館やネットで野草のことを調べ始めました。で、散歩したときに注意して見てみたら、フツーにそのへんに生えててビックリしたんです。

わたしの住む東京多摩地区は、山も川もあるし、けっこう自然が多い。自転車を飛ばせば野草狩りも楽しめます。今は年に2~3種類ずつ、野草の知識と経験を増やしていくのが楽しい。

食べられる野草は春に多いので、春は野菜をあんまり買わなくなりました。もちろん春以外はフツーに買いますけどね。

野草を採りに行くときに注意しているのは、食べられる分だけ感謝していただくこと。アメリカの先住民は薬草を作るとき、必ず祈りと感謝の儀式をするそうです。これをしないと薬草の効果が減るらしい。ま、摘まれるほうからしたら、そりゃそうだろうと思う。感謝のない人にあげるもんないっていうか。

わたしは川辺なんかに行くときは、小さいゴミ袋を持って行って、心ばかりのゴミ拾いもついでにしてきます。感謝と「来年もよろしくね」というごあいさつまでして。


野草にもいろいろあって、採ってきてから食べられる状態にするまでに1週間ほどかかるものもあって、なかなかめんどくさいことも事実です。

ですから、ここではわたしが今まで採ってきた野草の中から、アクが少なくて手間のかからない初心者向けのものを紹介したいと思います。

興味のある方は、危険な草もありますので必ず事前によく調べて、野草に詳しい人と一緒に行くなど、自己責任で楽しんでくださいね。

◎野蒜（のびる）

春の早い頃に河川敷を歩いていると、ちっさくて細っこい小口ネギみたいなのがフサフサ生えてることがあります。鼻を近づけてみると、ネギのようなツンとする香り。これが野蒜です。

経験上、人がたくさん歩いて踏み固められている平坦なところよりも、斜面とか、土がやわらかくて栄養もたくさんあるようなところにイキのいいのが生えてることが多いです。また、土が柔らかいほうが収穫もしやすいですからね。

野蒜（のびる）
・カリウム・マグネシウム
カルシウム・リン・鉄分
などミネラル豊富!!
ネギ代わりに
お味噌汁に!
スコップがあると便利

野蒜を収穫するときは、スコップを持っていくと良いです。根っこが小さい玉ねぎみたいな球根になってて、これが群生してるので、上から引っ張るだけだとちぎれて、ネギで言うと緑の部分しか採れません。根っこさえあればまたどんだけでも復活できるからね。スコップで根っこを傷つけないように、周辺からズコズコほじくり返していきます。わたしは大きめの球根のやつだけ収穫して、小さいのは土に返し、埋めておきます。ほじくりっぱなしはダメ。

持って帰ったら水でよく洗って、球根は薄皮をはぎ、ひげ根を取っておきます。洗うのだけが大変だけど、野蒜はアクがまったくないので、生でも食べられるんです。緑の部分も、白い球根の部分も、細かく刻んでそのまま麺類や納豆の薬味にします。要するに、ネギの代わりみたいに使えるんです。野蒜はネギ属の多年草ですからね。

味噌に混ぜ込んでそのまま放置することもあります。こうするだけで、勝手に味噌に浸かって、ピリッと辛味のきいた野蒜味噌の出来上がり。味噌汁などにそのまま使えます。あとは、サッと湯がいて、酢味噌であえるのが酒のつまみにたまらんらしい。わたしはお酒あんまりいただきませんのでやんないけど。酒飲みにはオススメ。

栄養素は、カリウム、マグネシウム、カルシウム、リン、鉄分など。ミネラルが豊富なので、高血圧の改善、骨を丈夫にするなどの作用があるそうです。「蒜」はにおいや辛味の強い系の多年草ということで、昔から滋養強壮系の野菜として知られていたようです。

◎桑（くわ）

桑といえば、生でも食べられる、赤黒くて甘酸っぱい桑の実を思い出す人のほうが多いかもしれません。しかーし！　桑の若葉からは、健康食品でも人気の桑茶が作れるんです。しかもアクもないし、超激カンタン。

初夏になると、枝の先端から黄緑色の柔らかい葉っぱが生えてきます。この葉っぱが、トランプのハートとスペードとクローバーを足したみたいな、実に変ちくりんなかたちをしているのですぐに桑だとわかります。

桑の木は大きいのだと15メートルにもなるらしいのですが、街中でそんなでかいのは見たことないです。人んちの庭に生えてたので最大でも4~5メートルぐらいかな。裏路地とか空き地に生えてるのは、人の背丈より低い小桑が多くて、ただの雑草かと思うくらい。でも背丈は低くても、葉っぱはしっかり桑のかたちです。

桑(くわ)
・鉄分、亜鉛
カリウム、カルシウム
などミネラル豊富
ズズズ
乾煎りして茶葉に!!

この若葉をたくさん摘んできて、よく洗って、天日に干しておくだけで桑茶になります。わたしのアパートの場合はベランダがないので、フライパンで弱火にかけてじっくりカリカリになるまで乾煎りしちゃう。それで、これをティーバッグに小分けにしといて、好きなときにお湯を注いで3分待つだけ。お湯が黄色く色づいてきたら、飲みごろです。

そして、飲んだ後の茶殻は捨てません。この桑が桑として生まれてきたからには、最後まで美味しくいただくのが隠居道。茶殻を再びフライパンで乾煎りして、今度は汁物に入れて、食べきります。緑茶なんかも、質の良い茶葉は、ごはんにかけて最後まで食べられるんですよね。お茶にしただけだと、栄養素はまだ茶葉に残ってるんだそうです。こうするとムダがなくて嬉しい。

ネットで桑茶を調べたら、一箱1500円とかで売っててビビった。東京だってそこらじゅうに生えてるんですから、そんなもん買わんと自分で作ればいいんです。

栄養素は、鉄分、亜鉛、カリウム、カルシウムなどのミネラルが豊富で、便秘の改善や、糖尿病の予防、脂肪がつきにくくなるなどの効能があるそうです。

野萱草(のかんぞう)
・ビタミンA.B.C.鉄分が豊富
つぼみ
ごま油で炒めて
塩・コショウ
かわいいねー
食べられたいのかい?

◎野萱草（のかんぞう）

梅雨の時期になると、オレンジ色をしたユリっぽい花が咲き始めます。背は膝丈くらいで、適度な距離感で群生しています。これが野萱草。曇り空にハッとするパステルオレンジが超可愛い。民家の庭先とか、土手とか、人の住んでいるところの近くに咲いているのがまた可愛い。この野草は人間が好きなんだと思う。

だって、アクが全然なくて、まるで食べられる気満々といった風情です。

野萱草は、花が咲く前の緑のつぼみをいただきます。これをハサミで切ってきて、蒸して天日に干すと、金針菜という中華食材になります。金針菜は、お湯でもどして中華系の炒め物に使える。が、保存食にしなくても、よく洗って、ごま油で炒めて、塩コショウするだけで超美味しいおかずに変身。わたしはこちらのほうが好きかな。食感は、歯ごたえがあって、薄皮に覆われたメンマみたいな感じなので、ラーメンに乗せるのもウマい。

ちなみに、野萱草は花弁が一重なのですが、藪萱草という八重咲きの亜種もあります。というか、こっちのほうが多いかも。味は一緒なので、こちらも同じように炒めて食べられます。八重咲きな分、つぼみがふっくらしているので満足感があるかもしれません。ビタミンA、B、C、鉄分が豊富で、漢方薬にも使われます。見た目の可愛さと、調理のカンタンさと、味の良さで、野草の中でも野萱草は、大葉と並んでいちばん好き。

◎大葉

夏の薬味に欠かせない、爽やかな香りの大葉。シソとも言う、あれです。冷奴に冷麦にお刺身に大活躍の大葉くん。彼らも、畑とかを覗いてみると雑草のフリして生えてます。

道端のアスファルトも突き破って生えてます。あと、たぶん家庭菜園にも人気なのかな、人んちの庭でもけっこうよく見かけますね。水の近くに生えてるのは、あんまり見たことないです。どちらかと言うと、山のほうに多く生えてる。

緑のと、赤いのと、色が2種類ありますね。どちらもアクがなくて、そのままでも食べられて本当に優秀。アクがないということは、虫にもどんどん食べられてしまいます。でも、それを上回る生命力で成長しまくる、強くて健やかな子なんです。

いつも不思議なのが、自分が食べられないように、滅んでしまわないように毒を身につけるように進化する草だってあるわけですよね。なのに大葉くんは、毒や苦味や、トゲを身に付けるどころか、さあ食べなさいと言わんばかりにどんどん美味しくなり、爽やかな香りも放ちまくり、他の生き物に栄養をギブ&ギブするだけなんです。それを思うと目頭が熱くなるわたし。

ありがとう大葉くん。えらいよあんた。

摘んできたら、よく水で洗っておきましょう。薬味にも使うけど、チャーハンとか、炒め物の最後に香りづけに使うのが好きです。やはり梅干しとの相性がハンパないですね。真夏は梅干しと大葉の炒め物で乗り切るのが定番です。

栄養素としては、鉄分、カリウム、カルシウム、ビタミンB、Cなど。夏バテ防止に効果的だそうです。

2「衣」を、生活から考える

服装がしっくりくるのは20代から

若い頃って、どんな服が自分に似合うのか、サッパリわからないんですよね。わたしも全然わかってなかった。小学生のときは兄のお下がりか、親が買ってきたものをフツーに着てたし、中高生のときは制服と体操着のジャージがあれば良かったたし。

ハタチ前後になって初めて、自分で全部選ばなきゃいけなくなった。当時は他人と違うことが人生の最重要課題。でもお金はないので安い古着屋を何軒もまわって、街の誰ともかぶらない服を着るようにしてました。古着の和服をテキトーに着るようになったのもこの頃です。

これは衣装ケース（↓121P）とは別に着物用のカバンに入れているんですけど、ウールの紺色の着物。これに大須のアジア雑貨屋で買ったタイの肩掛けカバン、ボンボンのついたニット帽、金のペイズリー柄のパキスタンのストールに百均のサングラス。こんな恰好で、ゴスロリの幼馴染と名古屋を跋扈《ばっこ》してました（笑）。目的達成！

さて、そんな時期を経て、実感としては20代の半ばぐらいから、やっと自分と服装が無理なく合ってきたと思います。これは自然に見つかっちゃうバランスなので、焦らなくていい。

30年ぐらい生きてみてわかったのは、ファッションというのは、服を着るだけのことじゃないんですよね。どこに住んで何を考えて、どんな食べ物を食べているのか、どういう人間と付き合って何を話しているのか、そういうことが基盤としてあって、その上に建つもの、という感じです。

着てる服と本人がどうにもちぐはぐな印象の人っていますよね。服を着てるんじゃなくて服に着られてるみたいな人って、この根っこの部分をすっとばしちゃってるんじゃないかなあ。

ではその根っこは何かというと、ライフスタイルです。

わたしの場合は、週に2日しか働かない、スーツ着なくちゃいけない場所には行かない、ほとんど自宅か自宅周辺にいる、人とあまり会わない、散歩好き、スポーツはしない、流行にもブランド物にも興味がない、よけいな装飾は要らない、おしゃれにうるさい友達とは付き合っていない、住んでいる家が狭い、あまり目立ちたくない、洗濯は好き、買い物はめんどくさい、セールの人混みが嫌い、毎日コーディネイトとか考えるのしんどい。

ここに思想的なことを加えてもいいでしょう。

以前は新品で買うのがもったいないので、古着の100円以下のコーナーを何時間も漁って、全身で千円♪みたいな恰好をしていたものですが、もうあの山の中から自分に合うサイズを探し出す根気がありません……。でも処分するときはやっぱりもったいないから必ずリサイクルに出す。

毛皮とかウールとか、動物性のものはなるべく遠慮したい。以前、オーストラリアの羊毛工場みたいなところで、羊がおとなしくなるまでボコボコに殴られてる映像を見ちゃってから、着たくなくなった。

もうちょっとお金があったら、どこでどう作られてるのかわかんない服より、友達に頼んで作ってもらった服を着たいとも思う。いくら値切ったとか、どこのブランドかということよりは、その服に出会うまでのストーリーを大事にしたい、などなど。

こういう、自分のスタイルのようなものって、社会に出てある程度時間が経たないと、出来上がってこないものです。自分だけのライフスタイルが形成されてきて、何を着たらいいか、というとっかかりが見えてくるわけです。何を着たいかではなくて、生活に裏打ちされた「着るべきもの」が、消去法でおのずと決まってくる。

わたしの場合なら、服は流行に左右されないスタンダードなものがいちばん。着心地が良くて、飽きないことが大事。仕事着にも普段着にも出来る動きやすい服装。汚れてもすぐに買い換えられる価格帯。どこにでも売ってるようなものでオッケー。基本的にラクな部屋着で、ちょっと外に出たり人に会っても、恥ずかしくないものが良い。足元はサンダルとかスニーカーとか軽くて歩きやすいもの。アクセサリー類は一切しない。家でガンガン洗える。収納が少ないから、着回せるものが優先！　そうすると色やパターンが少なくて合わせやすいものがいいな……。

これに自分の経済的な状況を合わせて考えた結果、量販店とかで買ったフツーのコットンTシャツにジーンズ、となる。

結果的にはごくありふれた答えでも、このプロセスをきちんとくぐり抜けることで、密度が濃いというか、確固たる選択になります。

現在ファッションってものすごく大きな産業だけど、全員が流行好きなわけないんですよね。ファッション雑誌や流行りのお店は、ファッションに興味がない人が着るべきものは教えてくれません。何を着たらいいか知りたかったら、まずは自分のライフスタイルを省みて、そこから逆算するのがいちばん早い。

というか、これをしないと、季節ごとにホイホイ買ってたらお金がかかりすぎて、たかが服のために週2日以上働かなきゃいけないじゃん。それはイヤ！　と、このように、ライフスタイルが先に来るのがラクだし、結果的にムダがないのです。

隠居のワードローブ大公開

わたしのワードローブは、無印良品の幅40センチ、奥行65センチの衣装ケースを3つ積んであるだけで、ここに吊って保管しておくもの以外は全部入ってます。「上衣」「下衣」「下着その他（ハンカチとか靴下とか）」でそれぞれ分けています。３つ重ねても腰より低いので、そんなに場所もとりません。

収納が少ないので、入るだけの服しか持たないことにしています。夏物は秋冬のインナーにも使えるもの、春物なら秋にも着られるものしか買いません。こうしておくと季節ごとに衣替えをしなくて済むし、開けるたびにすべての服が目に入るので、把握しやすい。適度にスカスカしていて、服も圧迫されずに快適そう。

基本は、半袖Tシャツが5〜6枚、長袖のネルシャツが2枚、5分丈のシャツが1枚、トレーナーが1枚、あと浴衣。下はショートパンツが3本、黒のカラージーンズが3本。パジャマ兼部屋着が上下2セット。下着、靴下、ハンカチなどは7日分ぐらい。マフラーとコートは窓辺にかけてあります。ショートダッフルとダウンジャケットが1着ずつ。ほんっとにフツーのしかない。

靴は、サンダル、革靴、スニーカー、下駄、ムートンブーツ、各1足ずつ。1足しかないと、夏冬モノは季節が終わるまでにだいたい履きつぶして捨てられます。

これらを着回すだけで、1年やっていけるようになりました。ラク〜。

5分丈シャツ×1
トレーナー×1
Tシャツ×5〜6
ネルシャツ×2
浴衣
パジャマ
上下2セット
ショートパンツ×3
これらが全て
このワードローブに
収まってます
カラージーンズ×3
下着、くつ下、ハンカチ
各7日分くらい

限られた服しか持っていないと、各季節ごとに定番が出来てきます。これをわたしは自分スーツと勝手に呼んでいます。スーツの良いところって、毎日上から下まで何を着るか考えなくていいところですよね。そしたらますますラクになった。出かける直前まで服が決まらないということがなくなるから、遅刻をしなくなる。頭の中がスッキリして、よけいなものにわずらわされなくなった感じ。忘れ物をしそうになっても早く気がつく。

この状態が気持ち良くて、いっぺん定番のスタイルを見つけたら、もう崩したくなくなった。買った無地Tシャツや下着が、何回か着てみてサイズ感もピッタリなら、もう1回お店に行って、同じ色の同じサイズを1年分買う。わたしは買い物にいくと疲れるから、あまり好きではありません。服を着つぶすたびに、ピッタリくるものを探すだけの時間と労力と手間を考えると、ある程度まとめ買いしておくのがいちばんラクだし、ムダがない。

でも、たまには洒落込みたいですよね。そんなときの1着もあります。

それは、知り合いの店で買ったGIEDRIUSというリトアニアのデザイナーブランドのシャツ。店の雰囲気も好きだし、100%リネンで裁縫はすべて職人の手仕事で、そういうストーリーも含めて好きなのです。2万円ぐらいしたけど、こういうのはあんまり高いと思わない。

これに黒いスキニージーンズと革靴かムートンブーツ、あとインドで仲良くなったインド人にもらった、ルンギーという男性用腰巻スカートを、ストールと重ねて首に巻くのが好き。北欧のデザインとインドの土着的な原色を合わせるのが面白い。ちょっとくすんだ麻の風合いって、埃っぽいニューデリーの街に建ち並ぶ、イギリス建築群の石材みたい。その街並みを、原色のサリーがゆっくり横切っていくのを見てハッとする、あのコントラストに似てるかも。ルンギーとストールは原色同士でも、同じ土地のもので染められた色って反発しあわないっていうか、むしろ共存するのが不思議だな〜とか考えてるのが楽しい。

ファッションに対する欲求は、これくらいで満たされます。

それから、これはぜひ若い人には知っておいてもらいたいのが、姿勢です。とにかく姿勢は大事。立ち方、座り方、歩き方がヘンだと、もったいないです。これは昔の映画を観て勉強するといい。昔の俳優さんは立ち振る舞いがめっちゃきれい。原節子さんの出ている小津作品とか、オードリー・ヘプバーンのやつとかオススメ。

これればかりは、やはり西洋人を参考にするといいですね。

わたしがイギリスにいたとき、あっちの若い人なんて、たいしたもん着てないんです。ティーンの頃から履いてる短パンとか、プリントも洗いざらして元がなんて書いてあったのかわかんないようなTシャツとか、股間が破れたパジャマとかさ（笑）。

で、そんなボロい服着てても、姿勢がいいから堂々として見えるし、かっこいいんだな。あれって、もともとの筋肉のつき方も違うのかもしれませんね。でも、真似する価値は絶対ある。そして、店とか家とかに全身が映る鏡がたくさんあって、イヤでも自分の姿勢を確認させられる。あれは良い文化だと思う。


ひるがえって、こないだ愛知の田舎に帰ったとき。駅でものすごくきれいに身なりを整えた女の子を目撃しました。金髪をフワフワに盛り上げて、お姫様みたいにコテコテの内巻きにしてて、シャネルのバッグと真っ白いコートに身を包み、駅のホームでうんこ座りしてたんです。それで、電車が来たら、ぐねぐね立ち上がり、猫背でカクカクしながら乗り込んで行きました。あー、せっかくきれいにしてるのに、もったいない！　そんな姿を好きな人に見られたらどうすんの！

たぶん、全身映る鏡が家にないのと、背筋とか腹筋がないんじゃないかなあと思うんですが、どうなんでしょう。よく言われますが、頭のてっぺんから1本の糸で吊るされてるような感じで立つと、とてもきれいに見えますよ。

って猫背のわたしが言ってんだから、世話ないですよね。でもわたしは日本中がかっこいい男ときれいな女で溢れたところを見たい。ぜひ見たい。そりゃ壮観だろうなあと思うんです。

それから、普段地味な服しか着ないわたしが、心がけていることがもうひとつ。服を買うときは、色や柄よりも、着たときのシルエットを重視したほうがかっこよく見えると思います。これは着てみないとなんとも言えないところですから、どんどん試着します。試着しまくった挙句に買わないこともある。で、洗ったりするとちょっと縮んでまた感じがちがくなったりする。めんどくさ。

そして本当のおしゃれは、聞かれてもいないのに何がおしゃれかってこんなにペラペラ語らないことです。野暮ったいったらありゃしないよ、まったく。

3「住」は、恋人のようなもの

今のアパートにたどり着くまで

部屋と恋人は似ていると思う。

最初のオトコはたたき台、ではないが、最初につきあった恋人と結婚する幸せなパターンが稀有なのと同じように、初めて住んだアパートが最高で、最後まで添い遂げるパターンはほぼないです。ですから、最初のひとり暮らし部屋には過度に期待せず、練習だと思っておくといい。

これは衣食にも通じる部分がありますけど、自分のライフスタイルに合う条件や好みは、ひとり暮らしを実際にしてみないとなかなか見えてこないからです。

そして衣食と違うのは、住は圧倒的にお金と手間と時間がかかること。家ばかりは、住んでみて気に入らないからハイ次、とはなかなかいきません。衣と食がわりと自由に選べる友達なら、住は、自分とのコミット度が深いという点で、やはり恋人に思えてなりません。

めんどくさそうだけど、家にいて幸せと思えたら人生の半分は幸せも同然です。だって家にいる時間って、人生の中でもかなり長いですよね。

家族で住む家を探す場合は、また違うかもしれませんが、ここではひとり暮らしの人がどういうふうに部屋を探していくのがいいか、参考までにわたしの場合を書いてみます。

実家暮らしという人も、いつまでも親が生きてるわけじゃないので、なんとなく知っておくだけでもいいと思う。

わたしは23歳で単身上京しました。
地方出身者にとって、東京でアパートを探すというのは、とにかく大変なんですよね。とりあえずどんなもんかと住宅情報誌を読んでみると、敷金礼金に仲介手数料、はじめの1ヵ月の家賃などを合わせると30〜40万円かかることが判明。ムリ。

そこで初期費用が安めのシェアハウスをネットで探してみることにしました。
2009年当時、ルームシェアの投稿サイトがあって、個人が自宅の空き部屋を開放してるのもあれば、会社が運営してるのもあった。敷金礼金デポジットとか、条件はさまざまだけど、うまくやれば不動産屋に仲介してもらうのの半額ぐらいで済みそう。家賃上限は7万円までとして、あとは住人や家とのフィーリングで決めよう。

あらかじめインターネットで3つほど東京のシェアハウスを検索して、内見の予約をしておきました。しかし、いざ東京に出てきたら、杉並区以外のシェアハウスはすでに埋まってしまったと連絡が……。すぐに内覧に行けないのは地方出身者のハンデなのです。そして杉並区の部屋も、すでに何人か希望者がいるとのことで、もう諦めモード全開。競争率が高いとやる気って著しくなくなるよね！　ここに住めなかったらもう上京しなくていいや、名古屋で全然いいじゃん。というわけで、そこだけ内覧したら予定を切り上げて、さっさと愛知県に帰りました。

結果、奇跡的に住めることになりました～！

しかし。

その土地の生活水準、物価、仕事事情など、住んでみないとわからないことまで計算して、自分にちょうどいい家賃を割り出すのが至難のワザでした……。

共益費も入れて家賃が7万円＋水道光熱費を折半、というのは初めからわかっていたけれど、田舎の感覚で、予算ギリギリだけどまあ7万円なら大丈夫だろう、と判断しました。でもまさか、ただのアルバイトがこんなに倍率高くて面接で落とされてすぐに働けないなんて思わなかったし、野菜もいちいち割高だし、人に会うだけなのに、やれカフェだ、やれパーティーだとお金がかかる。

これから上京しようとしているみなさんへ。東京は思ってるよりお金が出ていきます。家賃が安いに越したことはありません。自分が払えると思う上限額を、さらに2～3割引いて設定しておくと後でラクですよ。

というわけで家賃7万円は高すぎだと思っても、「東京というのは新宿か渋谷周辺のこと」ぐらいの知識しかない田舎者にとって、もっと安い部屋があるはずだという事実に気がつくのに約1年半かかりました。

初めての恋人がイモみたいなやつでも、その人しか知らないから、オトコやオンナは星の数ほどいるなんて思いもつかないみたいな感じでしょうか。

とはいえ、杉並区のシェアハウスが良くなかったかといえば、そこそこ気に入ってたし、客観的には人も羨む超優良物件だったんです。

自分の部屋は北向きの4畳半でしたけど、何しろリビングとキッチンとお風呂が広い！閑静な高級住宅街の庭付き一戸建て！　シェアメイトはだいたい昼間に働いてるので、広い共有スペースはひとり占め状態！

でもわたしは心のどこかでわかっていました。そんなに要らん、と。人に羨まれたって、自分が要らんもののために高い家賃を払い、どんどんお金が出て行く状態はどう考えてもおかしいって。

それで理想のお部屋を求めて、なんとな〜くネットで不動産情報を見ていたら、東京西部の郊外に信じられないくらい安いエリアがあるとわかったんです。私はさっそく不動産屋に行きました。そこで今住んでいる部屋と運命の出会いを果たしたのです。

そしてあの部屋に別れを告げてからもう5年以上が経ちました。今では感謝の気持ちでいっぱいです。別れたのは部屋のせいじゃない。部屋に合わせようとしすぎて、気づかずに背伸びしまくって自分で自分を苦しめていたのです。さよならシェアハウス、っていうより、身の程を知らなかったあのときの自分……。

はー。やっぱ擬似恋愛みたいで楽しいな。

部屋の選び方、付き合い方

現在、わたしは東京郊外の家賃2万8千円のワンルームに住んでいます。5畳のワンルームにバストイレとロフトまでついています。ここは天国か。

駅から徒歩20分以上かかるので、誰も訪ねてきません。嬉しい！

スーパーやコンビニも周辺にはあんまりないから、いっぱい歩ける。楽しい！

世の中で良しとされてる地理的な条件にはことごとく恵まれてないけど、住めば住むほど好きになる部屋は、ここが初めて。というのは、わたしの理想のライフスタイルと、家に求めるものを完全に備えている奇跡の物件だから。

わたしのライフスタイルは、とにかくあんまり働きたくないので、家にいる時間が長い。友人が少ないので、ほとんど家に人を呼ばない。ひとりでいるのが苦にならない。掃除や整理整頓、家事全般が好き。歩くのが好き。わりと何でも面白がれる。退屈と思ったことがない。

家に求めるのは、治安が良く、騒がしくなく、地味に、静かに、目立たず暮らせること。家賃のためにあくせく働かなくていいこと。掃除が楽しいくらいの適度な広さであること。

特に仕事をあまりしないというのが大きい。したとしても文章を書いたりは家で出来ますから、そうすると圧倒的に家にいる。すると、お金を使う機会がない。↓ヒマなので、1時間単位で家賃がいくらかかっているのか計算して遊ぶ。↓家賃2万8千円なので、1ヵ月30日と計算すると、1時間に約39円の家賃が発生！ ↓外に出るのがもったいなくなり、さらに超人的に家にいる。↓ますますお金を使わない。↓以下永遠に繰り返し。

となります。

家にいるのが快適だと、使うお金が減るんですよね。だからどんどん快適な空間にしちゃう。

お金がなくても何の不満もなく隠居生活ができているのは、それはもう家のおかげです。わたしはひとりで家にいるのが何よりも好き。外でどんなにイヤなことがあっても、家の顔（？）を見るだけでホッとする。雨とか雪の日なんて、手を伸ばせば濡れてしまえる距離なのに、屋内にいるから全然濡れていないと考えるだけで、嬉しくなって床にうつ伏せになって家にハグしてしまいます。ありがとう！　とか叫びながら。楽しすぎる。

天気予報で「明日は台風」なんて言ってても、家が守ってくれるから大丈夫だもんね。この絶大な安心感は、何にも代え難い。これで家賃2万8千円なんて安いもんだ。ありがたいから、お礼にいっぱい掃除しちゃう。こまめに換気しちゃう。良い音楽流しちゃう。気がつくと1日が終わっちゃう。でもいいのだ。ホコリは毎日、煩悩のように溜まるから。明日もまた掃除できる〜♪


とはいえ、初めから部屋との付き合い方がわかっていたわけではなかった。こういう関係を作り上げるまでに、やはり時間はかかりました。

いま、上京する前の自分にアドバイスするとしたら、初めてひとり暮らしをするときは、とりあえずお試し期間を1〜2年と決めて、今の自分の状況や、収入に見合った平均的な物件を狙っておくのがいいよ、と言いたい。

平均的というのは、職場や学校から1時間以内で通えて、収入の3割を家賃にあてる、という感じかな。東京はどうひいき目に見ても家賃が高いので、エリアの相場平均は参考になりません。収入から逆算すると、迷わなくていいですよ。どんな都会でも郊外にはわりと安めのエリアがあるはずなので、都心じゃなくてもいい人は郊外から探してみるのもオススメです。

なぜ最初に平均値を狙うかというと、のちのち平均と比較することで自分にちょうどいい生活水準が把握しやすくなるからです。ちょうどいい生活水準って、実家暮らしだと本当にわかんないですよね。

平均的な家賃と条件の部屋に住んでみると、これくらいだと自分にとっては、高い／安い、広い／狭い、近い／遠い、というのがなんとなくわかってきます。また、通勤や通学の許容範囲（距離、時間）も、実際に満員電車とかに乗ってみないとわからないところです。苦痛なら自転車で通える場所へ。無理なら職場を変わってしまうのもオッケーですし。

これが初めから激安アパートだったり、都心のタワーマンションだったりすると、そこが合わなかった場合、どの程度まで条件を上げれば（もしくは下げれば）いいのかよくわかんないと思う。そんな理由もあって、お試し期間は平均的なところが良いです。

そして、ひとり暮らしというのは、家族の誰かがやってくれていたことを全部自分でしなければならないということでもあります。掃除、洗濯、炊事、トイレットペーパーの補充、郵便物の受け取り、銀行や役所の手続きなど。

家事が好きか嫌いか、どれくらいならできるか。どれくらいの広さならイヤにならないか。また汚くしていても平気か、などもこのお試し期間に見極めておきましょう。

さすがに1年もしたら、自分の生活習慣や、何を大切にしているかが見えてくるものです。

友人や恋人を家に招きたいと思うのか、それとも他人は入れたくないか。自炊が好きか、外食が好きか。家にいる時間はどれくらいか。仕事でよく家を空けるのか。休みの日はインドア派かアウトドア派か。どれくらいモノがあれば落ち着くか。今の部屋に足りないと思うもの、よけいだと思うものは何か。これらを洗い出してから、新しい部屋探しにとりかかりましょう。

そうして割り出したちょうどいい部屋が、見つかったからといってすぐ引っ越してはいけません。

部屋探しは恋人探しと同じで、いきなり付き合わないほうが失敗する確率が低い。はじめは友人などの第三者を交えて不動産屋・内覧に行き、忌憚のない意見を言ってもらうのがいいでしょう。自分では気づかなかったところに気づいてくれることが多いし、友人とふたりなら不動産屋にゴリ押しされて契約する危険も減ります。

わたしは内覧に行ったら、必ずあいさつがてら隣人や近所の様子を見ます。快適な隠居生活には、騒音おばさんやゴミ屋敷おじさんがいてはいけないのです。やたらめんどくさそうに応対する人とかも要注意。このとき周辺の治安や、部屋が事故物件ではないことを聞いて確認しておきます。隣人に聞きにくかったら、近所の商店やクリーニング屋さんが教えてくれます。

その後も昼と夜に分けて何度か行ってみて、住んでるつもりで周辺を歩き、雰囲気が好きかどうか確かめます。

東京に1〜2年住めば、だいたいの土地勘もついてきますよね。何度も様子を見に行けるという、地方在住者にはないアドバンテージを最大限利用しましょう。

もうすでにじゅうぶん働いたし、学校も終えたし、そろそろシフトダウンしようと思っている方には、東京周辺でいうと八王子、千葉駅以東、それから小田急線だと秦野周辺なんかで探すと得策です。やはり大学がある街だと、ひとり暮らし向けの小さなアパートが多い。これがもう少し田舎になると、家族用の物件がグッと増えるし、何をしてるかわからないようなひとり暮らしの人はちょっと住みにくいかもしれません。

ネットで探すなら、アットホーム（http://www.athome.co.jp/）がオススメです。なぜかというと、家賃の下限が2万円に設定できるから。こんなに安い家賃で探せるところなんて、他に知りません。

部屋に合わせていたあの頃の自分が、だんだん部屋と対等になっていき、やがては自分が主体になり、人生のイニシアチブを握っていく。これは何物にも代え難い嬉しさがあります。住むは「人が主」と書きますから言い得て妙ですよね。

第四章　毎日のハッピー思考術

心と体のチューニング

今でこそ都下でのんびり暮らしていますが、都内に住んでいたときは家賃が高すぎて、いくつもアルバイトをかけもちしなければなりませんでした。週に1日も休みがないくらい忙しかった。当時働いてたお店なんて、忙しすぎておかしくなってて、毎日誰かがキレながら仕事してました。出勤簿の登録を忘れただけで「どういうことか説明しろ!」って殴り書きのメモが貼ってあるんです。こえーこえー。常に怒りの粒子が空気中に漂ってて、誰かの見えない暴力にさらされているような感じだった。アルバイトの大学生の子たちはミスともいえないようなミスでも怒られまくって、どんどん辞めていっちゃうし。最終的に7人で回していたレジに、わたしを含めて3人しかいなくなっちゃった。単純計算して倍以上の仕事しても時給変わんない……もう、しんどかったー。だから、しんどくないことにしました。無理やり頭でねじ伏せたんですね。こういうときって、ある程度やれば出来ちゃうからコワイです。

いじめられていたときもそうだったけど、何も感じないことにしたほうが、その場は圧倒的にラクなんです。だけど、これを続けていくと、物事は見えないとこから壊れていくんだなあ、と思ったことがありました。

何かの用事で事務所に行ったとき、店長が誰かと電話で話しているのが聞こえてきました。「辞めるのはカンタンだけど、社会と繋がりがなくなった途端に自殺に走ってしまう人もいるんだよ。だからよく考えて。もうちょっと頑張ろう」。スタッフは全員、少なくともわたしにはフツーに見えた。そこまで病んでいるように見える人はいなかったのに。だけどバイトだってこんなしんどいのに、今振り返ると社員の辛さ、推して知るべしです。あー、そんなになるまで頑張んなきゃいけない社会って何なんだろう。早くここを去らないと。

そんな折に、たぶんもうガチで行きたくなかったんでしょう、アルバイトの日になるとじんましんが出るようになりました。よく出てくれた、じんましん。あのとき辞めて本当に良かった。おかげで自分の心と体のバランスを探すスタート地点に立てました。

そしていま実感するのは、仕事を辞めたからって社会との繋がりがなくなるわけじゃないんだな、ということです。辛い場所から飛び出したら、そこは孤立無援ではなくて、案外まったり、自分で選んだ人と関わりながら生きられるところでした。

ヒマだと、体調の変化によく気がつきます。風邪気味だったらはちみつしょうがのお湯割りを飲んで早く寝るし、足が疲れてたら干したヨモギを浮かべて足湯をします。すぐにケアできるので、悪化するまで気づかないことってほとんどありません。だから健康だし、医療費も全然かからない。

でも驚いたのは、忙しくないからってほっといたらどうなるかって、やっぱりそれはそれで心の声が聞こえなくなる、ということでした。常に自分の心にチューニングしとくのって、けっこう難しい。ギターの弦みたいに、ほっといたらどんどんずれていっちゃうんです。ひまだから心は元気、ってもんでもないみたい。

最近、「今日も天気がいいし、日課の散歩に出かけよう！」とか思って外に出たものの、歩いても歩いても、なんか心がザワザワして落ち着かないことがありました。古本屋を覗いても違う、カフェに入っても違う。何がしたかったんだっけ。公園のベンチに座ってボーっとしながら、せっかく天気がいいのにもったいない……。←ここで、ハッとしました。自分、損得勘定で動いとるやん！　即帰って昼寝してみたら、最高の気分でした。自分とカチッとハマるというのかな。あー今日は外に出たくなかったんだー、何にもしなくて良かったんだー、とわかってスッキリ爆睡。

週5で休んでいてさえ、このザマです。すぐズレてしまうんですよね、本当の自分から。隠居してても、気持ちが外に向きすぎていたり、せっかくだから何かしなくちゃ！　みたいなモードになっていると、こういうことがあります。あと、何もしてないことに世間の人はだいぶ厳しいですよね。何もしてないと、人でなしみたいな扱いです。真面目か。
外に向いてる方が社会的には怒られなくてすむかもしれないけど、そのぶん心にしわ寄せがいって、やがて自分の内側からバッシングが来るかもしれません。結局、社会と向き合いすぎても、自分と向き合えないってことなんだと思う。心がふたつあったらいいんですけどね。残念ながら、ひとり1コしかないですから。

もちろん、わたしだって仕事のある日はフツーに働くし、予定も（ほとんどないけど）なるべくキャンセルはしませんよ。それくらいの社会性が必要なことも、知ってます。こんなときこそ、その状況で出来る最善のことだけをシンプルにこなして、さっさと帰ればいいんです。それで、翌日うんとひきこもります。

心と体のバランスは、いつもいつでも自省と微調整が必要なもので、社会と距離を置いたからって、上達したり、熟練したりすることはないというのは発見でした。
自分とのズレを修正するには、とにかくボーっとするのがいちばんです。何もしないこと、何も考えないこと、何も知らなくていいし、何にも応えようとしなくていい時間を、30分でもいいから持つと、すごくいい。わたしはだいたい自然の多いとこや、看板とか広告とかの情報が少ない場所に出かけます。公園で何も考えずに日向ぼっこしたり、雨の日はアパートの床に大の字になって、雨音を聞くのもオツです。日によって違うけど、1時間でスッキリすることもあれば、3日ぐらい寝て何もしないこともある。この時間はネットもつなぎません。本も読みません。わたしは持ってないけど、テレビも見ないほうがいいでしょう。

それで、ひたすらボーっとする。何にもしないと、人間、自分と向き合うしかなくなるんですよね。すると、あのとき誘いをついオッケーしちゃったけど本当は断りたかったんだなーとか、やっぱり自分はあの場所が好きじゃないんだなー、もう行かないようにしよーとか、知らないうちに自分をしんどくしていた小さなことの積み重ねに気がついて、きちんとリセットされて自分に戻ることが出来ます。

さらにもっと何も考えないところにいくこともあります。ボーっとしてると、だんだん自分と世界の境界がなくなっていくような感じになること、ありませんか？　自分がここにいるような、いないような、不思議な感じです。何も聞こえなくなって、時間の感覚も場所の感覚もなくなる。そうすると、すべてのことがいい意味でどうでもよくなる。宇宙の塵みたいに、たいしたことじゃないように感じる。ここまで来たら、もう大丈夫。そしてまた現実に戻ったとき、あ、ハイハイ、この状況だと週2で働いとけばいいんだな、とシンプルになってます。

お金とうまくやっていくために

みなさん、最近お金とかどう思います？　わたしは、お金ってちょっと可愛いと思うんです。

だってさ、外貨を含めたらいったい世の中にどんだけのお金があるのか知りませんけど、その途方もない量の中から、このお金たちはなんでわたしのところに来てくれたんだろう、って思うと可愛くないですか？

お金の立場になってみるとよくわかります。いま地球の人口が約73億人とか言われてますよね。そうすると73億人の中から誰のところに行くのか、わたしを選んでわざわざ来てくれたって、なんかありがたいことだなー、と。せっかくウチの財布にお越しいただいたんだから、絶対に無下に出来ない、と思う。

もともとそういうとこあったけど、隠居してから、遊びの一環でいろんなものをますます人格化して考えるようになりました。「わたしがお水だったら、大切に使われたい」「わたしが野菜だったら、最後まで食べきってほしい」「わたしが森だったら、わたしの中でいろんなものが育ってくれると嬉しい」「わたしが家だったら、きれいに長く住まれたい」などなど……。

これってなんでしょうね、日本古来のアニミズムの影響でしょうか。その延長で、自分がお金だったらどういうふうに扱われたいか、どういう人のところに行きたいか、と考えるようになったんです。

とかいって、わたしがお金に大人気かといったら、そんなことはないですけどね。悪く思われてはいないという自信があります。お金持ってるのとお金に好かれてるのは違うような気がする。

というのは、ここ数年、わたしの年収は数字だけ見たらうなぎ下がりで底打ちデフレ状態でこんな年収でやっていけるわけなくて生活が苦しいはずなんですけど、毎年、年末になってその年を振り返ると、「今年は今までの人生でいちばん良かったなあ」ってなぜか思うんです。

なんでかと考えるに、これは想像の域を出ないのですが……。上京してきたばかりの頃、働きまくって、稼いだお金の大半が生活費と税金に消えていたとき、お金は今よりずっと稼いでたけど余裕はなく、どうひいき目に見ても幸せとは思えなかった。いつか貯金がなくなって、東京という街に骨の髄まで食いつぶされるんじゃないかと、いつもぼんやり不安だったものです。だから、税金を払うときも、買い物をするときも、どこか殺伐とした気持ちでお金を使っていました。

いま振り返ると、あのときわたしのところに来てくれたお金には申し訳ない気持ちでいっぱいになるんです。だってお金にしてみたら、そんなくさくさした気持ちで持ち主のもとを離れていかなきゃいけない気分はいかばかりか……。本当にその節はすみませんでした。

別にたくさんお金持ってたからって、そんなネガティブな気持ちで使われるくらいなら、わたしがお金だったらですよ、今みたいに仲間が少なくてもハッピーに使ってくれたほうが幸せだと思うんです。大事にされすぎて銀行の口座に軟禁されたり、ギャンブルみたいなことでたくさんのギャンブラーに勝った負けたと騒がれるのもイヤ。そんなことされたら二度と戻ってきたくない。

今は週2で楽しく働いて、大事に大事に使ってる。少ない手持ちから、どうすればひとりでも多くの人が喜んでくれるか、一生懸命考える。だから、こんなに年収が低いのに、お金がわたしに悪くするわけないと信じてる。

お金を自分のためだけに使ってるかといったらそうでもないです（↑わたしがお金ならそんな人のところにも行きたくない）。募金箱を見たらだいたい10円未満ですけど毎回入れちゃう。ここ数年は年末がくると、年末ジャンボ宝くじを買って、その年お世話になった人にあげたり、遠くの人にはクリスマスカードと一緒に1枚ずつ封筒に入れて送ったりするのが楽しすぎる。３００円なんだから、あげるほうももらうほうも負担がない上に、ちょっと大晦日の抽選が楽しみになるでしょ。うーん、金もないのに何やってんですかね（笑）。

そんなことしてると、「来月、家賃の更新だな〜」とかいうとき、だいたいその金額ぐらいのバイトを、タイミング良く知り合いに頼まれたりするんです。家賃の更新とか言ってないのに。これは、過去2回ともそうだった。まるでわたしの知らないところでお金たちが相談して、必要な分だけこっちに来てくれてるみたい。困ったときには助けてくれる、ありがたい友達みたいな存在です。実際お金に困ったことないですしね。いや、一般的に見たら、じゅうぶん困っててもおかしくないぐらいの収入なんだけど……どういう仕組みになってるんだろう。不思議だ。

「お金はさびしがりや。仲間のたくさんいるところに行ってしまう」という言葉がありますが、これは本当だと思います。でも、それだけじゃないってことが、わたしたちに置き換えてみるとよくわかるんだな。大勢でにぎやかなところに行きたい、という大多数がいる一方、わたしみたいに人混みが嫌いな、ひねくれたヘンなやつもいるってことですよ。

それでね、縁あってわたしのところに来てくれたお金には、よく話しかけてるんです。ようこそ来てくれてありがとう、と。せっかく会えたんだから楽しんでいってくれと。しかもたまに説教もするんです。「どこに行こうと自由だけど、行った先の人が、お金をどう使おうと思ってるのか、ちゃんと見極めてから行くんだよ！」とか。いや、さすがに家でやりますよこれは。道でやってたら変態です。

だから言ってる本人であるわたしも、お金を使うにしても貸すにしても、どこのどういうお店に使うのか、その人や会社がお金をどういうふうに扱ってるのか、普段の言動からものすごく相手を見るんです。だって大事な友人を預けるにふさわしい人かどうか、幸せにしてくれるかどうか、わたしにかかってるんですよ。

安いとか便利とか、流行ってるからっていうだけで、どこの誰にどう使われるのかもわからないようなところに、大切な友達を手放したくないんです。

と、これを書いていて、わたしはお金を「所有してる」という考えが薄いんじゃないかと、思い当たりました。お金がわたしのところに来たければ来るし、来たくなければ何しても来ない。ぜーんぶお金の意思に任せてる。わたしに出来ることは、「この人のところに行きたい」「この人ならお金を大事に使ってくれる」とお金に思われる人になるよう、努力することだけです。

そんなわけで今はお金がないから、たとえば海外には行けないけど、お金がわたしを海外に行かせたい、わたしはそれにふさわしい人物で、こいつを海外に行かせたらきっと面白いことになる、と思われるようになれば、もっと来てくれるでしょう。だからあんまり心配もしてません。

……それにしても、なんでこんなヘンな考え方をするようになったんですかねぇ。たぶん、よっぽどひまだったんでしょうね。

働く、ということ

一般的に言って、金銭的に恵まれた環境にいない限り、遅かれ早かれ生活費を自分でなんとかせなあかんときがやってきます。

それまでは働かなくてもいいことをエンジョイするのか、ちょっと練習と思ってやっておくか。どちらを選ぶかは自由ですけど、わたしは学生時代のアルバイト、やっといて損はなかったです。

実はわたしは、中学の卒業式翌日からもう働きはじめていました。親からお小遣いをもらっていましたが、いろいろ制約があるから早くバイトしたかったんです。使い道をいちいち聞かれたり、指図されたり、これが本当にイヤだった。子どもってとにかく不自由ですよね。エロ本も買ってみたいし、流行りの携帯だって持ってみたいし。自分で稼いだ金で買うなら文句はないだろう、と。

近所の中華料理屋で皿洗いと調理補助のアルバイトをしたのですが、ここのマスターがヤンキー上がりで、超絶厳しかった。というか、わたしが超絶落ちこぼれすぎた。本当に、冗談抜きで、ぜんっぜん使えなかったんです。

たとえば。

「皿を洗え」と言われれば、返事だけは意気揚々として、洗剤を皿にた〜っぷりかけて、ド叱られ（↑洗剤はスポンジに含ませるというのは、いつどこで誰に教わるの？）。

「とっくりに酒を入れろ」と言われれば、勢いよくドカドカ入れて、大量にこぼしてしまい、ド叱られ（↑とっくりの中が見えないのに、他の人はどうやって満タンになったかわかるの？）。

「ラーメンの盛りつけをしろ」と言われれば、盛りつけをオリジナルにアレンジして、ド叱られ（↑盛りつけって毎回同じだったのか！）。

開店直前に、「店の前のドブを掃除してこい」と言われれば、熱中してつい1時間以上やり続けてド叱られ（↑ものすごいきれいになったので、ドヤ顔で店内に戻ったら怒声が飛んできた）。

とにかく毎日皿を割ってしまい、ド叱られた上に、「1枚食器を割るごとに罰金500円！」という張り紙が貼られ（↑普通に置いても割れるのは、もはや皿が悪いと思う）。

バックルームからビールを持って来い、と言われれば、ケースからスピーディに1本だけ持ってきてド叱られ（↑どうしたらケースごとかどうかまでわかるの？　テレパシー？）。

カウンターに出された定食のライスやスープや漬物を、出されたそばから、ひとつずつ客のテーブルに運んでド叱られ（↑揃ってから一緒に持っていくというのは、いつどこで誰に以下同文）。

仕事が終わった後のまかないで、「何でもいいよ」とマスターに言われたので嬉しくなって、「じゃあいちばん高いやつ！」と叫んでド叱られ（↑なんでもいいんじゃなかったのか……）。

枚挙にいとまがありません。

来る日も来る日も、「おまえの店じゃねーんだよ！」「こんな使えないやつは初めてだ！」と、ことあるごとに罵倒され続けた挙句に、「おまえだけは店のTシャツを着て外を歩くな！」と言われ。

それでもわたしは働き続けました。自分の金で自分の欲しいものを買うんじゃ！　という一心で。マジで、掛け値なしに、迷惑です。わたしがマスターだったら、こんなバイトは即刻クビにして立ち入り禁止にします。

でもマスターはわたしを決してクビにはせず、根気強く、なんとか生きてはいける程度の社会性を教えてくれたように思います。いや、あんまり身についてないかも……。

マジで厳しかったし、もう1回やれと言われたら絶対にイヤだけど、今思うと本当に感謝。働くことのなんたるかをちょっと学べた。そしてやっぱり、こんな辛いことは人生の最重要事項であってはいけない、とも。

ここでお金を稼ぐ前の心構えについて。

学校で絶対に教えてくれないことのひとつに、お金の稼ぎ方があります。でも、稼ぎ方よりもさらに教えてくれないのは、お金を稼ぐ前の心構え。

与えられた環境も物欲も、必要なお金の量も人によって違うのに、なんでみんな一律に週5で働かなきゃいけないんだろう、って疑問に思ったことないですか？

必要なだけ働けば満足なのか、それ以上にバリバリ働くか。わたしはそこを社会に決められるんじゃなくて、自分で決めたかったんです。多摩の激安アパートに引っ越してから精神的に余裕ができたので、時間をかけて、自分にちょうどいいワークバランスを探してみることにしました。

自分はどう考えても「必要なだけ働けば満足派」なので、まず生活水準を下げられるところまで下げる。必要最低限のお金がいくらかわかれば、そこから週に何日働けばいいか、逆算できると思ったんです。しかも、必要なお金が少なければ少ないほど、働かなくていい。まずは生活費のかからない方向に頑張って、そこから労働も減らしていこう、と。そうするとわたしの場合、働く前の心構えは、だいたい以下のような流れになりました。

①まず物欲を減らす
②工夫して生活する
③「欲しいもの」でなく「必要なもの」だけを買う
④週に最低何日働けばいいか逆算&実践！

という感じです。

①まず物欲を減らす

欲しいものがあるからといって、そんなに安易に手は出しません。社会は怖いところです。そういう欲につけこんでお金を使わせて、結果、必要以上に働かせる罠がいっぱいです。わたしは必要最低限のお金がいくらなのかを知りたかったのです。

なので、欲しいものがあったら、積極的に諦めにかかります。

わたしがよくやるのは、そもそも本当に欲しいかどうか自分を疑うことです。なんでそんなに欲しいんだろう、なかったらどうなってるかな～とか3ヵ月ぐらい、うだうだ考えます。すると人間、3ヵ月も欲しいと思い続けられるものなんて、あんまりないことがわかります。だいたい3ヵ月もすれば、気持ちって冷めてます。

それから、これは後から気がついたのですが、玄米菜食もなかなか効果的でした。お金の話なのになんで食べ物なんだろう？　と思うかもしれませんが、これはわたしの経験則で、玄米菜食にすると余分な欲が削ぎ落とされるように思います。即効性はないのでけっこう時間はかかりますが、欲がなくなれば稼がなあかんお金も減るわけで、試してみる価値はアリです。

②工夫して生活する

外食は控えて自炊にする。野菜は捨てずに食べきる。自転車で行ける範囲で生活する。少しくらい寒くても暖房をつけずに厚着する。などなど、出来ることって意外と身近にたくさんあるもんです。

ここまでで、ほとんどのモノはなくても解決しちゃうことが多いのですが、どうしても欲しい！　となったら。そんなんじゃまだ、わたしは働きには出ません。

お金ではない別のもので手に入れる方法を探します。

お金はなくても時間ならあり余ってるから、市報とかネットの「あげます・譲ります」欄で探したり、要らんものを友達と交換したりもします。それでもダメなら、やっと重い腰を上げるかも……というか、そんなに欲があったら隠居なんかしてないか。

③「欲しいもの」でなく、「必要なもの」だけにお金を使う

わたしは現在、固定費以外だと、ほとんど食費にしかお金を使いません。そうすると残りは衣食住やガス電気水道などのライフラインに使うことになります。が、しかし、欲を減らすことに欲が出ちゃって、もうちょっといけるんじゃないか？　と、だんだん減欲ハイみたいになるわたし。

一時期など、衣食住から、娯楽やぜいたくのにおいがする消費を、「ぜいたくは敵！」

とばかりに、戦時中の主婦のように徹底的に排除してました。

たとえば衣だったら、シーズンごとに買うのは必要以上。破れたり汚れたりして着られなくなり、新しいものを買うのは必要以内、という感じです。

食なら、外食は一切しない。家で食べるんでも、出来合いのものは買わないで、とにかく家で作る。パンとか漬物も、材料から買って自分で作ってみたり。漬物なんて、ジップロックの中で野菜を粗塩でもんで、一晩置いとくだけでできるんですよ。お金かかんないし、超カンタンじゃん。3日ぐらい余裕で保つしね。わたしがよく漬けるのは、きゅうり、大根、キャベツ、白菜とかかな。

……まあ、そんな超ストイックな時期もあったけど、今は月に一度くらい外食もしますし、お金があれば近郊の日帰り温泉にも行きます。それぐらいがラク。何事もほどほどがいちばんですね。わたしとしてはこれでも、けっこう贅沢させていただいてありがたいと思うんだけど。人にかわいそうな目で見られることもしばしばです。

④週に最低何日働けばいいか逆算&実践！

さて、このあたりで自分に毎月必要な、だいたいの最低生活費が見えてきます。ざっくり平均を書くと、家賃が2万8千円、共益費が1500円、固定費（ネット含む）が1万5000円、食費が1万円、その他。最低限に切り詰めれば月6万円台で生きてはいけるんですが、節約のために生きてるわけじゃないし、たまには遊びにも行きたいので、今は7万円ぐらいとしています。

そうすると、月に7~8万円もらえれば、生きてはいけるんだな。ということがなんとなくわかってきたあたりで、忙しいバイトからひとつずつ辞めていきました。

それからは、たまにライターの仕事や、友人にバイトを頼まれたりするので、臨時収入があれば貯金にまわす、という生活に落ち着きました。

ちなみに、週に最低何日働けばいいかという基準は、お金以外にもあります。

わたしは快適と思うポイントが極端みたいなので、以下を自分と照らし合わせて、どれくらいのペースで働くのが快適か、オリジナルのワークライフバランスを見つけるといいと思います。

・ひま耐性
・楽観的かどうか
・世間体

まず、ひま耐性というのは、どれくらいひま（働かずにいられること）をひまと思わず、遊んでいられるかという能力のことです。

というのは、隠居というライフスタイルは万人には向かないと思っています。なぜかというと、超ひまだからです。週5で働かないっていうのは、そりゃもう、想像を絶するほどひまなんです。人間はひまに耐えられないから働いてるんじゃないかと、時々思うくらいです。

別に週休5日じゃないといけないわけないし。人によって、休みは週4あればいいという人もいれば、週3の人もいるでしょう。週休2日のままでいい人もいるはず。休みなんか要らないから、とにかく働きまくりたい！　というのだって、人に押し付けなくて本人がハッピーなら、何の問題もないと思います。いろいろ選べるほうが自由でいい。微調整を繰り返し、自分にちょうどいいバランスを見つけるのがいいと思う。

どれくらい楽観的でいられるか、も重要なポイントです。

老後の不安とか、年金とか、病気になったときとか、考えると不安な方もいるかもしれません。不安は、育てようと思えばどこまでも大きくなるものです。

わたしは今までこんなに年収が低いのにやってきた、なんとかなるもんだという自負があるし、心配し始めるとキリがない。なるべく病気にならないように適度な運動と食事には気をつけて、今の自分のおかれた状況でできるベストは尽くしたんだからそのときはそのとき、と割り切るようにしています。わざわざ不安にエサを与えるようなことはしません。

どれくらい世間の目を気にしないでいられるかも、忘れてはいけません。

いつの時代も、人と違うことをすると、多かれ少なかれヘンな目で見られるみたいです。江戸時代に良寛という僧侶がいたんです。伝記を読むとこの人も超変わってて、いい年して寺も持たんと、ひとりで山ん中に隠居してたんだって。で、たまに人里に下りてきては、托鉢したり、子どもたちと遊び呆けてるもんだから、村人にけっこう笑われてたらしい。でも良寛さんは気にしません。黙って村人にお辞儀して帰っていったという逸話が残ってます（笑）。

江戸時代も同じならこの先数百年間は変わらないでしょう。世間というのは今も昔も同じ。それがわかってれば逆に安心だと思うんだけど。

人と違うと思ったら、それはとても健康的なことですから、隠さなくて良し！　むしろ、小出しにアピールしといて、自分も周囲もそれに慣らしといたほうがいいです。「あー、あの人ちょっとヘンだもんね」と言われるようになれば、何したって許されるからこっちのもんです。

でもどうしても世間の目が気になって苦しいという方がいたら、別に人と違うことを無理やりしなくていいんですよ。

わたしは人と違うことがしたくて隠居になったんじゃなくて、結果的に人と違っちゃったんです。同じでも違ってもどっちでもいいんですよ、そこに無理がなければ。

結局、自分が苦しくない方を優先したほうが楽しいですもんね。

貯金について

資本主義の競争から片足抜け出したような生活をもう何年も続けていますが、お金が必要ないとはまったく思っていません。あればあったで便利だし、もっとあっても全然構わない。臨時収入があったときなど、ちまちま貯金に回してますけど、たまに通帳を見ると、貯金していて良かったなあと正直に思います。何かあったときのためにある程度持っておくだけで、安心して隠居生活が送れているのは間違いない。

自分の生活費から逆算して半年分くらいの貯金があれば、何かあってもビルから飛び降りたりしなくて済むと思っています。そして、生活費が少なければ、貯めなきゃいけない額も減るわけですから、やっぱり普段からお金がかからない、かつなるべく健康的な暮らしをしているほうが、最終的にラクです。

ただ、お金に全幅の信頼を置いてしまうのもバランス悪いと思う。何かあったときの解決法は、お金だけでなく、複数あるに越したことないです。大震災の後のように「貯金があるから何なんだ？」みたいな状況だってありますからね。

このあいだ、インド料理店で働くネパール人と話していたら、面白いこと言ってました。「2〜3年仕事がないという人もネパールにはたくさんいるけど、不景気でも自分のお店と家族がいれば生きてはいけるから、誰も日本人みたいに焦ってない」んだって。たしかにセーフティネットがお金しかないとしんどそうですもんね。

わたしには、お金がなくても時間はたくさんあるし、数は少ないけど大切な友人たちもいるし、実家に帰れば家族もいます。家がなくなってもみんなで少しずつ助け合って生きていけると思うので、そんなに慌てなくてもいい感じです。この上さらに畑でもやってたら、向かうところ敵なしだと思う。人と比べたら貯金はないけど、備えはあると言えるかもしれません。もちろん自分がもらうだけじゃなくて、普段から困ったときにちょっとずつ助けあう、みたいな関係をつくっておくのが大切です。

これって、有名な投資の用語で、「ひとつのカゴに全部の卵を入れるな」っていう話みたい。現金、貯金、時間、仕事（本業／副業）、友人、地域コミュニティ、家族、住むとこ、畑、自分の才能……。得意分野は多めに。これぐらい持ってたら、いざ仕事がなくなったときでもいきなり路頭に迷うことはないでしょう。

あと貯金するにあたって気をつけているのは、あんまり先のことを見すぎないこと。老後なんて、生きてるかどうかもわかんないウン十年先のことまで心配しない。明日世界が終わってもいいように好きなことを中心にして生きつつ、明日世界が終わんなかったときのためにちょっと準備しとく。それで、もし自分の持ってるもので解決できなかったら、今まで好きなことしてきたんだから、って諦めもつくじゃないですか。それで死んじゃったら大往生だと思う。生きてたら、ラッキー。これくらいのバランスだと、毎日が超快適！

お金で回ってる世界とそうでない世界、いざとなったらどちらにも行けるぐらいにしといたほうが絶対にラクです。なので少し貯金はしつつ、お金に偏りすぎることのない備えのバランスを目指しましょう。

低所得者にとっての税金・年金

わたしはちょっと極端な例だと思いますが、小労働・低消費の生活を、出来る範囲で取り入れてみたい方もいるかもしれません。それはどうぞご自由にという感じですが、でも税金や年金はどうしてるんだろう……と疑問の声が聞こえてきそう。これにはちょっと、思うところがありまして。隠居生活がもう5年以上破綻せずに楽しく続いているのは、これが大きいんじゃないかなあ、ということが。

それは、税金や年金を払わずに済ませることを目的にしていないから。

わたしの現在の税金事情は、別に隠すことでもないので書いちゃいますけど、ここ数年間は年収がだいたい100万円以下なので、もう行政にも無視されて、所得税の通知は来ないし、住民税も免除になっているようです。当たり前だけど消費税は払ってます。

年金も全額免除です。これは、所得が少ない人は免除の申請ができるんですけど、あとは年金事務所のほうが審査をしてくれて、全額とか、半額とかが決まります。免除にしておくと、後からお金があるときに後納することができます。免除しておかないと、2年で後納できなくなってしまう。

ここでもわかると思いますけど、実はスキあらば払っちゃおうという意思はあります。納税を諦めてません。

前著『20代で隠居』を書いてから、会う人会う人、気を遣ってるのか、税金や年金の話をふってこない。いったいどういう了見なのか、いつ聞かれるんだろうなーと思ってたのに誰も聞いてくれないから、もう自分からしゃべっちゃう（笑）。

いま税金や年金を結果的に払えていない状態なんですけど、何もそれを目的に生きてきたわけじゃないんです。もちろん、税金や年金を払うために生きてる人なんていないと思いますけど。わたしはそれを払わないために生きてるわけでもないんです。むしろそんなもの、払おうが払わまいが二の次、三の次。もっと言えば、隠居がしたかったわけでも、憧れていたわけでもない。自分がどうしたら毎日楽しく生きられるかなーというのを必死で考えて、追求していったら、社会と距離をおくこういう生活スタイルにたどり着いたんです。

そしたらおかげさまで、その生活が本になっちゃった。で、本がたくさん売れたら、税金も年金もどんどん払っちゃうと思う。だって楽しみを邪魔されなければ、どうでもいいから。だいたいそんなたくさん持ってても、自分だけのために買いたいものって、あんまりないんだもん。急に食い扶持がなくなっても半年くらい困らない程度の貯金と、なんか面白いこと思いついたときに、それができる資金ぐらいで、今はいいかなあ。

税金年金という、人生の最重要事項でないもののために、今、自分の生活が苦しいんだったら、長い人生の5年や10年、払えない時期があったっていいと思うんです。最終的にまあまあ払えてればオッケーっていうか。総合点で判断すればいいじゃん。

なぜこんなことが言えるかというと、根拠はありません。なんとかなると思ってます。だって今までも、根拠もないくせに、なんとかなってるし、してきたから。あなたも、これを読んでるってことは、今までなんとか死なずにやってこられてるわけですよ。

わたしは、できないかもしれないことにはあんまり興味がなくて、今までやってきたことにフォーカスしたほうが健康的だと思うんです。だから、いつもこれからがすごく楽しみ。だってもし、このまま楽しく生き続けて、最終的に人の倍額の税金払っちゃったら、面白くないですか？　税金じゃなくて、他のところで人がするべきことの倍、なんかするかもしれないし。「でも今現在払ってないんだから、非国民なんだ！」と言う人がいたら、そりゃすいません（↑とか言いながら、絶対楽しく生きてやるって闘志燃える）。

だから、税金と年金を人生の最重要事項にするのは、いっぺんやめてみるのはどうでしょう。まずは、今自分が辛くないことを優先する。かといって、税金や年金を払わないことを目的にもしない。払えるときに払えばいいんです。払いたいって言ってて、そのまま死んじゃったら、もう誰も悪く言わないですよ。

趣味の見つけ方

あんまり働いてないと、どうしてもひまな時間が多くなります。そうすると、趣味が充実しているかどうかってけっこう大事。でも、長〜く楽しみたいなら、ただやみくもに選べばいいってもんでもないんです。わたしの生活の大半は趣味で占められているので、飽きずに続けるための趣味を選ぶ基準、なんとなくわかってきました。

まずは、お金がかからないこと。

楽しむのにお金がかかるものは経済的効率が悪いので却下です。

知り合いの社長さんが言っていた、これを端的に表してる言葉があります。「10倍高い寿司を食べたからって、10倍ウマいわけじゃないんですよ」。う〜ん、本当にそうなんだろうなぁ。経済的効率の悪いことを余裕で楽しめるのがまたオトナって感じで素敵ですけどね。

ゴルフとかスノボとか、世界遺産巡りとか、出来る人はやればいいけど、わたしが今からそんなこと始めたら破産してしまいます。ていうか、お金の良いところって、ここなんですよね。アホでも遊べるところ。お金は即効性があります。時と場合によってはわたしも使わせていただきます。でも、お金がないのにどう遊ぶかっていうところがまた面白いところで。

次に、準備が要らず、身ひとつあればできること。

パッと思い立ってから、それをするまでがカンタンなことは大事です。始めるのに道具が要るとなると、わざわざ買いに行かなきゃいけないし、置く場所も必要だし、メンテナンスしなきゃいけないし。いつまでも若いわけじゃないんです。アラサーになると、体力も落ちてくるし、準備が大変なものはきっといつか億劫になる。

時間や場所を選ばないことも大事です。

趣味のために特定の時間に特定の場所に行くとなると、外出が億劫なときや、台風のときなんかできにくいがね。腰も膝も痛くなるしね。目も悪くなるしやね。やっぱり家かその周辺で、風邪気味だろうが悪天候だろうが、思い立ったらいくつになってもできて、ちょっと疲れたらすぐ横になれるっていうのがいい。

最後に、ひとりでもできること。

友達がいないとできない趣味は、やはり他人の都合に左右されてしまうので、誰かと一緒でもできるけどひとりでもできる趣味がベスト。で、共通の趣味を持った友達とそれについて語れたりしたらサイコーです。

さて、そんなわけでわたしが選びに選んだ趣味は何かというと、読書と散歩です。フツーだ。

でも、読書と散歩はみんなの味方だと思う。どんな生活水準の人でも分け隔てなくできるのがいいじゃないですか。

図書館や古本屋を使えば、ほとんどお金も使わなくて済みますし。今は図書館もサービスが発達していてすごいんですよ。ホームページで分館に所蔵してある本まで検索・予約ができるし。

この世に読書という、お金がかからなくて、時間も場所も選ばなくて、社会の理解がある趣味があって本当に良かった。本を読んでるってだけで、わたしみたいな高卒でも、なんか頭良さそうに見えるしね。

散歩も楽しいんですよね〜。

天気が良いと、だいたい家の周辺を小1時間ほど歩くんです。家にいるときはずーっと本読んでるか、なんかしてることが多いので、これが良い気分転換になるんです。不動産が好きなのでボロいアパートにどれだけ空き部屋があるかチェックしたり、近所の農家の直売所で野菜を買ったり、氏神様にお参りしたりします。

時々、歩くのって禅みたいだと思うことがあります。何にも考えずに歩いていると、雑念がどんどん消えていくんです。土手や林、空が広いところとか、自然の中を延々と歩く。考えあぐねていたことの全体がふっと見えて、あ、たいしたことないわ、と気持ちや視点が切り替わることがよくあります。あとは、ずーっと意味がわからなかった難しいことが、言葉ではなく感覚でわかることもあります。

方丈記の有名な冒頭で、「ゆく河の流れは絶えずして、しかももとの水にあらず」というのがありますけど、あんな感じだと思う。「あ、物事って同じように見えるけど、実は毎日違うんだ、大丈夫じゃん」って、こう言葉にすると何が大丈夫なのか全然伝わらないけど、このまま行って大丈夫とか、断っちゃって大丈夫だな〜とか、直感でわかる。

自然の中を歩くって、本100冊分ぐらいの、すごい情報量があると思う。何かを決断しなきゃいけないときとか、本をたくさん読むのもいいけど、こういう手段もあるんじゃないかな。


ま、そもそも趣味がないとあかんってわけでもないので、仕事が趣味みたいな人は、それもいいし。ただ、「流行ってるから」「みんながやってるから」みたいな選び方は、あれ

自然の中を歩くって
本100冊くらいの
すごい情報量!

よあれよとお金と心をすり減らして、早晩しんどくなってしまうと思う。経済的、体力的、精神的に自分の快適なバランスを知っておくことは、将来きっと役に立ちます。これは早すぎるということはないので、若いうちからいろいろ試してみて、知っておくといいですよ。

夢や目標はないとダメなのか

今まで夢や目標、人生設計の類いって、あんまり持ったことがないんです。で、持ってなくてもフツーに楽しく生きてます。

正確に言うと、短期的な夢（たとえば、今月中に温泉に行きたいなーとか）ならある。でも、5年後や10年後にどうなっていたいか、というビジョンがまったくありません。そこは未知数にしといたほうが楽しいから。

30年生きてみてわかったことは、人間が頭で思いつくことなんて、結局はたいしたことないってことなんです。未来なんてイヤでもやってきちゃうんだから、目標とか立てずに適度にほっとくっていうのも、ひとつの手じゃないかなあ。未来はオープンチケットってことにして。行き先も、期日も決めないでおいて、夢にも思わない面白いことをワクワクしながら待つのもオツなもんです。

で、夢や目標はあったほうがいい派の人（そっちのほうがきっと多数派ですよね）を遠くから傍観していて、ちょっと思うこともあるんです。夢とか目標って、持ち主と一緒に絶え間なく変化し、成長していくんじゃないかなあ。

自分の気持ちや環境って、常に変わっていくのに、5年前の目標にしがみついて、帳尻あわせるためによくわかんなくなってる人をちらほら見かけます。特にやる気のある真面目な人に多いような。

ストレスの多い仕事をうつ病になって辞め、仕事に行かなくていいので「3ヵ月で本を100冊読む！」と決めた人が、期限が近づくにつれて「まだあと27冊読めてないんです……」って暗～くなってるのを見たことがあるんですけど（笑）、どんだけ真面目？　73冊も読んだんだから、すごいじゃん。とりあえず自分を褒めてあげて、次の段階に行けばいいのに……。

ところで不思議なんですけど、上京するときとか、ちょっと世界一周してくるわ、って親や周りに言うと、「なんのために行くの？」「行ってどうするの？」「将来何がしたいの？」とかめちゃめちゃ聞かれます。心配してもらっといて本当すみませんけど、正直、それよけいなお世話です。その心配、自分のために使ってくださいよ、って本当に思う。

だって夢とか目的とか理由とか、ないんだもん。行きたいから行く！　それ以外はどうでもいいじゃん。それで、あのとき引き止められて考え直して、世界一周も上京もしなかったら、隠居もしてないし本も書いてないと思うと、本当に周りの意見を無視して良かったー！　と思う。わたしが死ぬときに後悔したら、どう責任とるつもりなんでしょうか。自分が決めたことなら諦められるけど、人に言われて諦めたなんて、死んでも死にきれません。

この点では、ロンドンは本当に暮らしやすかった。

ＳＯＨＯという繁華街のインターネットカフェで、ビザもないのに不法就労してたんですけど、特に目的もなく週に３～４日働いてました。それで、「何しにイギリスに来たの」ぐらいは自己紹介と日常会話の範囲内としても、ちゃんとビザ持たないとダメじゃないかとか、年金を払わなくて将来どうするんだとか、おせっかいなこと言ってくる人にひとりも会ったことがないんです。

実際、わたしと同じペースで、そこで週に３回ぐらい働いてて、結婚もしてて、本業はグラフィックデザイナーとか言ってて、今どんな仕事してるのって聞いたら「特にしてないよ～」とか言ってるイタリア人とかね（笑）。「それで食っていけんのか」とか、「目標を持て」とかいう人、全然いなかった。だってそんなこと他人の勝手じゃん、という共通認識があるから。

個人主義というと聞こえがいいけど、要するにみんな、他人の未来のことまで関心がないんですよね。は〜ラク。

興味のあることをいろいろやってみて、万が一結果がついてきてなくても、あのとき自分のしたいことができた、っていうだけで、今日も元気だごはんがウマい！　そう思えることが、ガチでわたしの財産。夢や目標がなくても、これでいいのだ〜。

平和＝退屈ではない

隠居生活を5年以上してみてつくづく実感するのは、平和＝退屈なわけではないということです。退屈は人の心の中にしかありません。退屈する人は、どこで何をしようが、いくらお金持ってようが退屈するんです。

退屈に耐え切れずに平和を手放してしまわないために。やるべきことを誰からも強制されない時代や国に生まれたわたしたちは、ふたつの〝そうぞうりょく〟を駆使して、自分のやるべきことをつくり出すしかないと思うんです。

まずは、イマジネーションのほうの想像力について。

これは、隣の人も自分と同じ人間であると想像できる能力のこと。自分と同じように家族がいて、友人がいて、食って寝て、今まで生きてきた時間があって、信じているものがあって、好きな人も嫌いな人もいて、死んだら周りの人が悲しんで……そこには年齢とか性別、出身国などは関係ないということ。

人間って、個人的な単位では想像も共感もできるけど、全体的な単位ではよくわかんないように、頭が出来ているんじゃないかと思う。全体主義屋さんはそういうところにつけこむんですよね。これは怖いことです。

個人だって間違うことあるけど、自分の意思でやったなら責任もとりようがあるじゃん。でも全体の意思に従って後から間違いに気づいたら、恐ろしいことになっちゃう。だから流されそうになったら、まずは立ち止まる。そしてひとりの人間（個人）というところに立ち返ってみる。想像力という武器で対抗する。わたしが今考えつく最善の手段です。この想像力を普段から培っておかないと、あれよあれよと全体主義屋さんに巻き込まれてしまう。

想像力の可能性って、差別、少子高齢化、外国人労働問題、移民問題とか、いろんなことに対応できることだと思う。敵とか味方とか、背負っているものをとりあえず置いとく。

そしてひとりの人間というところにみんなが立ち戻ることができたら、何をすべきで何をしないべきか、自ずと見えてくるように思います。

だから、まずは想像力。これからの時代、どんな資格よりもゲットしといて損はないものです。

では、それはどうしたら身につくか。

相手を慮る想像力は、自分が病気を経験したり、子どもを育てたりすることで培われる人もいると思うけど、そんな大きな経験しなくても、いちばん手っ取り早いのは本を読むこと。自分が体験しえなかった人生を擬似体験するのが目的なので、ビジネス書とかじゃなくて小説が良いです。

もうひとつの創造力、クリエイティヴィティについて。

人間って、やるべきことが何もない、進むべき道がどこにもない、という状況に、不安で耐えられない生き物なんだと思う（わたしはそれがワクワクするし、向いていると思うから隠居してるんですけれど）。

わたしが中学校の頃なんかもそうでした。同級生のヤンキーとか、先輩がヒマだからっていう理由だけで殴り合いさせられる、みたいなことが平気で行われていましたから。

退屈に耐えられない、かといって、やるべきことを自分で作り出す創造力もない。だからテキトーに場をひっかきまわして、何かやった気になろう、みたいになっちゃうのかな。

やるべきことを与えられるのは断然ラクなんですよね。自分で考えなくていいし。でもこれからの時代は、自分で作り出すことを放棄したらあかんと思う。放棄すべきは暴力と怠慢です。自分の退屈の面倒くらい自分が責任持って見ないと。

だいたい、ヒマだって文句たれてるのって、大人しかいないんですよね。ヒマで死にそうになってる5歳児とか、見たことない。自分が子どもだったときも、小枝1本、石ころ1個落ちてたって、それで遊んでたように思います。マンガとかあんまり買ってもらえないから、自分でマンガ描いてクラスメイトに見せてましたもん。最新のゲームなんてもちろん持ってないから、ポケモンカードのバッタもんみたいなのを、モンスターとかルールを勝手につくって、配ったりしてました。中高生になってもCDが高くて買えないから、友達と音楽作ってテープに吹き込んで、１００円で売ってたし。あれけっこう楽しかったなあ。

子どもは遊びの天才なので、ほっとけば勝手に遊んでるんですよね。大人が作ったゲームの中ばっかりで遊んでるのは、せっかくの創造力が萎えてしまって、もったいないと思う。わたしが自分で何かを作り出すのが好きなのは、貧乏の功名だったのかもしれません。

これは本当に、なんでもかんでも買い与えなかった親に感謝です。

では、創造力を養うためには、どうすればいいか。

お金のかからない娯楽を見つけることから始めるのがいいと思います。お金使ってもいいんだけど、そればっかやってたら、頭使わなくなりますからね。これは自分で何かを作り出す練習になります。

いつもお店でパンを買ってるなら、休日は材料を買ってきて、スコーンを自分で作ってみるとかね。旅行に行くより、近所の歩いたことない道を歩いてみるとか。思わぬところに公園や農家の直売所があったりして、頭の中にマッピングしていくのも楽しいもんですよ。

海に行ったら行ったで、波の崩れ方とか、肌色の砂浜が実はいろんな色の砂粒から出来ているのを発見したりするのが永遠に楽しい。あとね、砂浜にカニさんが住んでる穴があるでしょ、あれを観察してたら、面白いことがありました。カニさんAがちょっと巣穴から離れてる間に、カニさんBがその巣穴に入っちゃったんです！　カニどうすんのかな～って見てたら、カニAが戻ってきたとき、カニBがドヤ顔でハサミ振り回して追い返してました（笑）。居直り強盗か。おまえの家じゃないだろうっての。カニの社会性ってどうなってるんだろう。

街にいても超楽しい。

あるとき、カラスがくちばしで木の実をつついてるのを見かけました。でも木の実って丸いから、コロコロ転がっちゃうんですよね。それでどうすんだろなーってガン見してたら、カラスってかしこくて、足で木の実を押さえて突き始めたんです。でも、いかんせん土の上でやってたもんだから、地面にズブズブめりこんじゃって（笑）。そしたらコンクリートの上に持って行って、足で押さえた上で突いて割った日にゃ、あんたおめでとうよくやった！　って喝采を送ったよね。

ま、そんなことしてたら5年ぐらい経っちゃったんですけど（笑）、退屈って思ったことないですねぇ。

最後にもうひとつだけ、退屈な時代を平和に生き抜くために、大事なポイントがあります。全体主義屋さんにつけこまれてしまう根本的な原因は、人間が何かに頼らなきゃいられないという弱さを持っていることです。

釈迦は、「人間は、自分以外のものを本当の拠り所としては生きていけないのだ」と言ったそうです。それは親兄弟であり、恋人であり、子どもであり、街であり国であり民族であり、もっと言えば釈迦本人でさえ拠り所にはならない。仏教の開祖がそれを言っちゃうって、けっこう衝撃ですよね。でもわたしはこの言葉に、中途半端に甘やかさない、釈迦の本当の優しさを感じます。千尋の谷底に子どもを突き落とすライオンの母ちゃんのような。

誰もが、自分自身の手で、心の中に伽藍《がらん》を建てるしかないんです。

なんか真面目な話になってしまいましたが、最初はスコーン焼いたら人にあげるとか、ブログにアップするとかでいいと思う。やがて他人や世間の承認なんて要らんという境地に達しますから。純粋に自分が楽しければ、人からなんて言われようがどうでも良くなってくるもんです。ここまでくればしめたもの。100人の他人からの「いいね!」より、自分ひとりの「いいね!」が勝るようになります。

隠居は今日もセルフいいね!

将来について

こういう生活をしていると、「将来どうするの?」という質問をものすごくされるんです。が、わたしは世間で言われている意味での将来(老後)については、あんまり思うことはありません。

というか、将来を考えたときに、個人として出来ることって、結局毎日をただシンプルに、きちんと生きていくしかないんじゃないかなあ。きちんと生きていくっていうのは、なるべく機嫌良くして、美味しいお水を飲んで、出来るだけ体にいいものを食べて、疲れたらしっかり寝て、たまにセックスして、あとは今日もごはんが食べられることに感謝するとか、損得勘定やおかしいと思うことに流されてしまうことなく、いつも自分でいることとか、もうダメだーと思ったら「もうダメなんでちょっと休みます」って周りに宣言するとか、そんなこと。地味で、目立たなくて、誰にも褒められない、ごく普通のことを、虚心坦懐にこなしていくこと。年収何億とかいう人が世間で褒めそやされていても、比べないこと。それでも必ずズレてしまうことはあるので、自分に対するたゆまぬ観察と微調整を繰り返すこと。それで1日を無事に終えることが出来たら、「今日も平穏無事に過ごせてありがとうございました」とまた感謝して眠ること。

こういう生活って、悪く言えば、今しか見ていないとも言えますよね。ところがわたしは、これを将来から逃げているとは全然思わないんです。むしろ逆だと思う。なぜなら、将来のことを本気で考えていると、今この瞬間を大切に生きることにどうしても戻ってきちゃう（これは、はたして理屈で説明できる種類のことかわからないけど）。毎日をただきちんと生きていると、今日のこの日に、今までのことも将来のことも全部ちゃんと含まれている感じがするんです。今日のことも大切に出来てないのに将来を語るのって順番が違うような気がする。

毎日毎日休みもなくアルバイトに明け暮れていたとき、帰省するお金もないくらいだったんです。余裕がなさすぎて、街で困ってる人がいてもガンガン無視してました。人が困ってたって知ったこっちゃありません。自分でなんとかしてくださいみたいな。あんまり毎日が辛いと、世界中で自分だけが特別みたいに思ってしまうこと、ありますよね。

で、このまま何年もこんな生活をするのか……とか考えたら、そのうちアホらしくなっちゃった。だんだん働き方や住む場所を、なくても大丈夫だと思うものからひとつずつ手放していって、今の生活にたどり着きました。

それからというもの、おかげさまで毎日が本当に楽しい。毎日自炊して、掃除して、きちんと生きている、という実感があるし、困ってる友人とか他人がいたら、自分のできることをできる範囲で手伝えるようになった。手伝うといっても、100万円貸すとかそういうことじゃなくて、駅で視覚障がい者の人が電車に乗るのに腕を貸したり、友人の家探しや引越しを手伝ったり、スコーンを多めに焼いたらおすそ分けしたり。そんな小さなことばかりです。ヒマなので、片手がいつもテキトーに空いている感じ。あと、これは大事なポイントなのですが、人を助けても自分が困っちゃしょうがないので、できないことはやりません。

で、ふと気がついたら、以前のような収入はない。収入どころか、同年代ぐらいの人が持ってるような地位や貯金や学歴や家庭や車や庭付き一軒家、およそ人がうらやむものは何も持ってない。でも何かがあってアパートに住めなくなっても、ごはんが食べられなくなっても、ちょっとずつ助けを求められる友人たちはいる。今の感じだと、窮地に陥っても、すぐ生活保護を申請する必要はなさそうだし。昔と比べてどちらがいいかといったら、今の方が断然いいし、超ラク。何より、自分を嫌いにならずにすむのがありがたい。あんなに将来のほうを向いて頑張って働いても何も残らなかったのに、自分も周りの人も大切にして、目の前の日々を倦まず弛まずコツコツ生きてたら、将来の不安、どっかいっちゃった。今に将来が含まれてるって、こんな感じだと思う。伝わるかなあ、これ。伝わるといいんだけど。

だから、たとえば電車で目の前に杖をついた老人とか妊婦さんがいても席も譲らないのに、将来自分が困ったときのために必死に働くのって、関係ないようで地続きな気がする。それを無視し続けていたら、後からものすごいツケが回ってきそうで、わたしは怖くてもうできません。たぶん借金みたいなことって、目に見えるかたちだけではないと思うんですよね。一見全然関係のないことに見えるかもしれないけど、そういう目に見えないことを信じられたから、わりとラクに生かしてもらってるのかもしれない、と思うことがある。

一般的な意味での将来のためにしていることは、明日も生きちゃったときのために、貯金は使い切らないようにしているとか、体にいいものを食べるとか、それぐらいかなあ。

生きること、死ぬこと

なぜそんな変わった考え方をするようになったかというと、たぶんわたしの死生観みたいなものが関わっているように思います。

話は飛びますが、2003年にヨーロッパが記録的な猛暑になったことがありました。ヨーロッパの北のほうはもともとそんなに暑くなることはないので、冷房設備がそんなに発達していないんですよね。それでパリなんか、ひとり暮らしのお年寄りから、熱中症で人がバンバン亡くなった。その数は数千人〜1万人以上とも言われています。病院に運ばれた人はラッキーで、自宅のアパルトマンで孤独死した老人も少なくなかったそうです。

そのニュースを聞いたとき、全然かわいそうだと思いませんでした。だって、思うに任せない若い月日をなんとかみんな生きてきて、定年退職して、伴侶も見送って、残された時間を花の都で気ままにひとり暮らせるなんて、ご褒美みたいなキラキラした時間じゃないですか。孤独死とか言うけど、本当に孤独だったかどうかは本人しかわかんないし。自分の生き方がハッキリしてるパリジャンやパリジェンヌのことですから、けっこう満足していたんじゃないのかなあ。

わたしがもし、急病で自室で亡くなることがあったら、遺言としてここに書いておきますけど、どうぞ悲しまないでくださいね。わたしはやむにやまれずではなく、自分の意志でひとりで暮らすことを選んだんですから。死んだときはひとりだったかもしんないけど、孤独かどうかはまた別の話です。好きなように生きて、勝手に死ねたら、もうそれは大往生。むしろ喜んでほしい。

これが病院で家族に囲まれてたら、「なんか、いまわの際にすごい感動のひとことを言わなきゃいけないのかな……」とか、「ちょっと1回逝ったふりしてみようかな……」とか、よけいなこと考えそうで、それは遠慮したい。今ちょっと考えただけで疲れた。

わたしが死んだってネットニュースにもなんないと思うけど、もしなったらですよ、「『年収90万円で東京ハッピーライフ』の著者、自宅アパートで夭折（笑）」って書かれたい。（笑）

はつけてね。
　なんつーか、わたしは自分みたいな人間が生きてるだけでちょっと笑えるっていうか、隠居しちゃっても笑えるし、本が出ちゃっても笑えるし、このまま死んじゃってもなんか面白い、みたいなとこがあるんです。あの世で自分に「プッ」ってなってる気がする。かわいそうがられるより、最期まで笑ってもらえたほうが嬉しいなぁ。どうせ死ぬならおかしく死にたい。

　たぶん、情弱なので、あんまり死ぬということの情報が入ってこないんですよね。そうすると、「死ぬのが怖い」という常識を疑ってしまう。本当にそうなのかなあ。「死ぬ」と「怖い」はセットになってるけど、それ本当？　いや、死んでみたいわけじゃないし、痛いのは絶対イヤなんだけど、自然に死ぬぶんには仕方ないかなあ、ちょっとどんな感じなのかなあ、と思ったりするんです。

　ペットを飼ったことがある人はわかると思うんですけど、そのときが来て、「死にたくない～！」ってジタバタしてる犬とか、見たことあります？　ウチの実家も何匹か犬を飼っていたけど、生き物が死ぬときって、だんだん動かなくなって、食べなくなって、水も飲まなくなって、排泄をしなくなって、「じゃ、お先」みたいな感じですよね。ふ～ん、死ぬときってこうなるんだ〜って思ったのを、すごくよく覚えてる。わたしは生きる死ぬということに関して、人間だけが生き物の中で特別という意識が薄いので、ヘンな情報を入れずにほっといたら、たぶんそんな感じじゃないのかな。「死ぬ」というのは、本来ただそれだけのことで、誰かが怖そうに味付けした情報は、わたしにはあまり信じられません。自分の目で見た飼い犬の死だけが、死ぬことに関する純粋な1次情報です。

犬を見て悟るのもどうかと思うけど、死んだら、まあそれぞれどこか行くとこに行くんでしょう。そう考えると、死なないように保険に入ったり、高いローンを払ってまで家を買う気も失せるというか。もう自分が死ぬまで何をしようがどこに住もうが、隠居しようがしまいが、お金やモノを持とうが持たまいが、なんつーか、どうでもいいんです。死ぬのが怖くなくなったら、人間の不安の大半は消えてなくなっちゃうような気がする。

死んだことないので、ただの戯言と思われてもしかたないんですけれど。どんな感じなのかわかんないことなら、わざわざネガティブにとらないほうが、わたしはハッピーなんです。

なので、もし不治の病ってやつがやってきたら、ほっといてほしいので、動けるうちに身辺整理してからどっかに行くのもいいかも。ま、そのときにならないとわかんないですけど。

とかいって今突然、空から隕石が降ってきたら5分ぐらいは逃げてみるかな。たぶん体が先に反応しちゃうだろうしなー。

ダメそうだったら諦めます（笑）。

おわりに

本というのは、表向きは著者の名前しか出ないのですが、今回もまた完成までにたくさんの方に助けていただきました。この場をお借りして謝辞を述べさせてください。

まずはじめに、さほど知られてもいないわたしに声をかけてくれ、たしかな舵取りで出版まで並走してくださった北尾修一さん。そして事務的なことまで丁寧にサポートしていただいた太田出版のみなさん。反骨精神にあふれ、頼もしい推薦文を寄せてくださった堀江貴文さん。超かわいい（しかも激似の）イラストを描いてくださった死後くん。このたびは大変お世話になり、ありがとうございました。

そして自分の少年時代のことなど書きながら、「コイツ育てんの大変だな」と我ながら思ったので（笑）、途中で棄権せずにわたしを育ててくれた両親にも感謝を捧げます。

ちなみにここに書いてあることは、絶対的な正解ではないことも記しておきたい。これはあくまで30歳になったわたしの実感をまとめたものです。実感って年齢や環境によって少しずつ変わってきていて、でも変わらない部分もあって、面白かった。

そしてこれからも、変わっていったり同じだったりするんだろうな〜と今から楽しみにしています。

わたしは未来の自分とこの本に書いたことを一致させるために生きてるわけじゃないので、一時は矛盾に見えるようなことがあるかもしれません。でも最後に振り返るとき、世間の人からは一貫してないように見えても、「そのときのハッピー」に向かって歩いてきた一本道が自分の目から見えたなら、それでいいような気がします。

隠居してもしなくても。

どこで何をしていても。

そういうふうに生きていたいと思う。


読者のみなさまにおかれましては、貴重な時間を使って最後まで読んでいただき、本当にありがとうございました。この本を、今より少しラクに生きるための、人生のちょっとしたカンペみたいに使ってくれたら、せっかくはみだした甲斐があったってもんです。

2016年6月　大原扁理

大原扁理（おおはら・へんり）

1985年愛知県生まれ、東京都在住。高校卒業後、3年間引きこもり、海外ひとり旅を経て、現在隠居6年目。著書に『20代で隠居　週休5日の快適生活』。最近、木食行（木の実だけ食べて暮らす修行）に憧れています。

年収90万円で東京ハッピーライフ

2016年 7 月27日　初版発行
2024年 1 月28日　第6刷発行

著者　大原扁理

デザイン　五十嵐ユミ（prigraphics）
イラスト　死後くん
発行人　森山裕之

発行所　株式会社太田出版
〒160-8571　東京都新宿区愛住町22 第三山田ビル4階
tel 03-3359-6262　fax 03-3359-0040
振替00120-6-162166　webページhttp://www.ohtabooks.com

印刷・製本　株式会社シナノ

ISBN978-4-7783-1530-6 C0095